LES PLANTES
MAGIQUES

Copyright © 2019

Éditions Unicursal Publishers
unicursal.ca

ISBN 978-2-89806-039-7 (PB)
ISBN 978-2-89806-315-2 (HC)

Première Édition, Beltane 2019

SÉDIR

Les Plantes Magiques

BOTANIQUE OCCULTE
CONSTITUTION SECRÈTE DES VÉGÉTAUX
VERTUS DES SIMPLES
MÉDECINE HERMÉTIQUE — PHILTRES — ONGUENTS
BREUVAGES MAGIQUES — TEINTURES — ARCANES
ÉLIXIRS SPAGYRIQUES

1902

UNICURSAL

A PAPUS

Laissez-moi vous présenter ce petit essai, à vous, qui le premier, éveillâtes mon esprit aux choses de l'Occulte ; depuis douze ans que vous m'avez admis au spectacle de votre labeur, bien des faces de la science ont passé devant moi, dont vous m'avez fait voir les beautés et aussi les défauts. Aujourd'hui, je suis heureux de dire en public la grande dette que j'ai contractée envers vous ; fasse le Ciel, qu'à votre exemple, beaucoup de travailleurs défrichent le sol où passera dans la gloire le Maître du Troupeau.

SÉDIR

Epiphanie, 1901

LES PLANTES MAGIQUES

INTRODUCTION

Tout l'Univers est une grande Magie, et le règne végétal en entier est animé d'une vertu magique; aussi un titre tel que celui de ce petit livre comporterait-il, pris à la lettre, l'exposé complet de la Botanologie. Notre ambition n'est pas si haute et pour cause.

Comme en toute étude, il y a deux points de vue dans celle-ci : un inférieur, naturaliste et analytique, un supérieur, spiritualiste et synthétique. La science moderne s'occupe du premier ; nous avons choisi le second parce qu'il est peu connu ou très oublié de nos jours. Il viendra certainement quelqu'un de plus autorisé pour présenter le troisième point de vue, le central, le véritable.

En somme, il y a moins d'enseignements dans cet essai que d'indications d'étude : le désir de ceux qui liront cela complétera vite et bien toutes nos imperfections.

PREMIÈRE PARTIE

LE RÈGNE VÉGÉTAL

LE RÈGNE VÉGÉTAL

Pour prendre de ce règne une idée générale aussi juste que possible, il nous faut l'étudier en lui-même, puis dans ses relations avec l'Univers et avec l'Homme.

Nous aurons ainsi les éléments d'une Botanogénie, d'une Physiologie et d'une Physionomie (signatures) végétales.

La Botanogénie s'occupera des principes cosmogoniques dont le jeu produit le règne en question.

La Physiologie végétale étudiera les forces vivantes en action dans les plantes.

La Physionomie végétale, science des Signatures, ou science des Correspondances, nous apprendra à reconnaître, à son aspect extérieur, quelle est la qualité des forces agissant dans telle ou telle plante.

§ I. — *Botanogénie*

Comme nous avons décidé de ne remettre au jour, dans ce petit livre, que les notions traditionnelles sur le sujet qui nous occupe, nous commencerons par présenter au lecteur les enseignements les plus authentiques.

Tout d'abord, l'un des monuments les plus anciens que nous possédions, le *Sepher* de Moïse, nous instruira des théories des initiés de la race rouge et de la race noire. Le verset II du premier chapitre de la *Genèse* s'énonce ainsi :

« Continuant à déclarer sa volonté, il avait dit, Lui-Les-Dieux : la Terre fera végéter une herbe végétante et germant d'un germe inné, une substance fructueuse, portant son fruit propre, selon son espèce, et possédant en soi sa puissance sémentielle ; et cela s'était fait ainsi. »

Ceci se place au troisième jour selon la correspondance ci-après :

FEU : 1er jour : Création de la Lumière.

EAU et AIR : 2e jour : Fermentation des eaux ; leur division.

TERRE : 3e jour : Formation de la terre, sa végétabilité.

FEU : 4e jour : Formation du soleil.

EAU, AIR : 5e jour : Fermentation des eaux et de l'air ; oiseaux et poissons.

TERRE : 6ᵉ jour : Fermentation de la terre. — Animaux et hommes[1].

Si l'on considère la Genèse dans son ensemble, le rabbin initié nous apprendra que, sous le point de vue cosmogonique, la figure d'Isaac représente le règne végétal. Son sacrifice presque consommé, sa filiation, le nom de ses parents et de ses fils, les actes de sa vie symbolique offrent là-dessus toutes les preuves nécessaires.

Pour ne pas fatiguer nos lecteurs avec un symbolisme trop ardu, nous ne nous attarderons pas à cette étude que tout étudiant consciencieux peut mener à bien.

THÉORIES HERMÉTIQUES. — Les philosophes hermétiques concevaient, à l'origine primordiale des choses, un *chaos* où les formes de tout l'univers étaient préfigurées, une matrice ou matière cosmique et, d'autre part, un *feu* générateur, sémentiel, dont l'action réciproque constituait la monade, pierre de vie, ou *Mercure*, moyen et terme de toutes les forces.

Ce feu est chaud, sec, mâle, pur ; c'est l'esprit de Dieu porté sur les Eaux, la Tête du dragon, le *Soufre*.

Ce chaos, est une eau spermatique, femelle, chaude, humide, impure ; le *Mercure* des Alchimistes.

---

1   D'après A. F. Delaulnaye.

L'action de ces deux principes dans le Ciel, constitue le bon principe, la lumière, la chaleur, la génération des choses.

L'action de ces deux principes sur la Terre, constitue le mauvais principe, l'obscurité, le froid, la putréfaction ou mort.

Sur la Terre, le feu pur devient le grand limbus, l'yliaster, le mysterium magnum de Paracelse, c'est une terre vaine et confuse, humide, une lune, une eau mercurielle, le *Tohu v'bohou* de Moïse. Enfin, l'eau pure et céleste devient une matrice, terrestre, froide et sèche, passive ; le sel des Alchimistes.

Ainsi, toutes choses dans la Nature passent par trois âges. Leur commencement consiste dans la mise en présence de leurs principes créateurs. Ce double contact produit une lumière, puis des ténèbres, et une matière confuse et mixte ; c'est la fermentation.

Cette fermentation aboutit à une décomposition générale ou putréfaction, après laquelle les molécules de la matière en travail commencent à se coordonner selon leur subtilité : c'est la sublimation, c'est la vie de la chose.

Enfin, vient le moment où cesse ce dernier travail : c'est le 3ᵉ âge ; la séparation s'établit entre le subtil et l'épais, le premier va au ciel, le dernier dans la terre, le reste dans les régions aériennes. C'est le terme, la mort.

On a pu remarquer le passage des quatre modalités de la substance universelle appelées Éléments : le feu, la terre et l'eau sont ici facilement reconnaissables : et nous pouvons coordonner toutes ces notions en établissant un tableau d'analogie que l'on pourra lire au moyen du triangle pythagoricien[2]. Ce procédé se retrouve dans l'Inde (système Sankhya) et dans la Kabbale (Tarot et Sephiroth).

Voici quels sont les principes en action dans les trois mondes, selon la terminologie hermétique : Dans le premier monde, l'Esprit de Dieu, le Feu incréé féconde l'eau subtile, chaotique qui est la lumière créée ou l'âme des corps.

Dans le deuxième monde, cette eau chaotique, qui est ignée et contient le soufre de vie, féconde l'eau moyenne, cette vapeur visqueuse, humide et onctueuse qui est l'esprit des corps.

Dans le troisième monde, cet esprit qui est le feu élémentaire, féconde l'éther igné qu'on appelle encore eau épaisse, limon, terre androgyne, premier solide et mixte fécondé.

Ainsi, chaque créature terrestre est formée par l'action de trois grandes séries de forces : les unes venant du ciel empyrée, les autres venant du ciel zodiacal et les dernières de la planète à laquelle appartient ladite créature.

---

2   Cf. Papus. *Traité élémentaire de Science Occulte*. Unicursal 2018.

Du ciel empyrée viennent l'Anima Mundi, le Spiritus Mundi et la Materia Mundi, vapeur visqueuse, semence universelle et incréée.

Du ciel zodiacal viennent le soufre de vie, le mercure intellectuel ou éther de vie et le sel de vie ou eau principe, semence créée et matière seconde des corps.

De la planète viennent le feu élémentaire, l'air élémentaire, véhicule de vie, et l'eau élémentaire, réceptacle des semences et semence innée des corps.

VENUE DU RÈGNE VÉGÉTAL. — Pour que le règne végétal puisse se manifester sur une planète, il faut que celle-ci soit assez évoluée pour, après avoir cristallisé ses atomes de façon à former une terre solide, produire des eaux et une atmosphère, ainsi que l'indique le récit de Moïse. Alors, une vague de vie nouvelle descend, qui est le véhicule de la première animation sur la planète ; elle est donc le symbole de la beauté, et voilà pourquoi le règne végétal correspond à Vénus [3] ; elle a donc comme signe représentatif la Spirale, et voilà pourquoi la phyllotaxie peut servir à mesurer le degré de force vitale de chaque plante.

---

3   La verdure des végétaux, c'est la mer verte d'où est sortie Aphrodite, fixée à la surface de la terre.

Cette vie végétale résulte de l'action réciproque de la lumière solaire et de la convoitise du soufre intérieur; aucune plante ne peut croître sans la force du soleil qu'elle attire par son principe essentiel.

Voici comment l'auteur anonyme de la *Lumière d'Égypte* explique l'évolution du minéral au végétal :

L'hydrogène et l'oxygène combinés en eau sont polarisés et forment une substance qui est le pôle opposé de leur état inflammable primitif.

La chaleur du soleil redécompose une portion infiniment petite des eaux; les atomes de ladite molécule d'eau prennent alors un mouvement différentiel qui est celui de la spirale. Dans cette ascension, ils attirent les atomes d'acide carbonique et sont attirés par eux, d'où un troisième mouvement : une rotation précipitée. Là se forme, dans de nouvelles combinaisons, un germe de vie physique. Sous l'impulsion d'un atome central de feu, les forces prédominantes étant l'oxygène et le carbone, cette union produit un autre changement de la polarité par lequel ces atomes sont à nouveau attirés vers la terre. L'eau les reçoit et ainsi se forme la première tourbe végétative. Quand ces premières formes végétales meurent, ces atomes reprennent leur marche spirale ascendante, elles sont attirées par les atomes d'air, et, par le même procédé de polarisation, arrivent à former successivement les lichens et des plantes de plus en plus parfaites.

« L'essence spiritueuse du soleil étant devenue, dans le centre de la terre, par attraction de chaque Mixte et par coagulation, un feu aqueux, et voulant revenir vers sa source, elle fut retenue en remontant dans les matrices d'espèces diverses. Et parce que ces matrices avaient une vertu particulière en leur espèce, dans l'une il se détermina à une chose, et dans l'autre à une autre, engendrant toujours leur semblable... Que si cette essence spiritueuse est encore plus subtile, elle passe jusqu'à la superficie de la terre, et fait pousser les semences selon leur germe. [4] »

On trouve la même théorie exposée d'une façon plus concise dans le traité kabbalistique des *Cinquante Portes de l'intelligence*. L'énumération des portes de la Décade des mixtes est ainsi conçue :

1° Apparition des minéraux par la disjonction de la terre.

2° Fleurs et sucs ordonnés pour la génération des métaux.

3° Mers, lacs, fleurs, sécrétés entre les alvéoles.

4° Production des herbes et des arbres.

5° Forces et semences données à chacun d'eux, etc.

Donnons enfin, pour terminer ce rapide exposé, la théorie de Jacob Bœhme, dont on découvrira sans peine l'identité avec les deux précédentes.

---

4   *Texte d'Alchymie,* Préface, p. 18. Paris, Laurent d'Houry, MDCXCV, in-12.

Créés au troisième jour par le *Fiat* de *Mars* qui est l'amertume, source du mouvement, les végétaux sont nés de l'éclair du feu dans cette amertume : Lorsque Dieu eut séparé la matrice universelle et sa forme ignée, et qu'il voulut se manifester par ce monde extérieur et sensible, le *Fiat* qui sortit du Père avec sa volonté évertua la propriété aqueuse du soufre de la matière première ; on sait que l'Eau, en tant qu'élément, est une matrice attractive ; nous retombons donc d'accord avec les précédentes théories.

Avant la chute, les végétaux étaient unis à l'élément intérieur paradisiaque ; avec la chute, la sainteté s'est enfuie de la racine, qui est restée dans les éléments terrestres ; les fleurs représentent seules, comme on le verra plus loin, le paradis.

CONSTITUTION STATIQUE DE LA PLANTE. — Avant d'entreprendre une esquisse de la physiologie végétale, cherchons les principes en action dans le règne de façon à en saisir mieux tout à l'heure le fonctionnement.

Si on étudie le végétal au point de vue de sa constitution, on lui reconnaîtra cinq principes :

1° Une matière, formée d'*Eau végétative.*

2° Une Ame, formée d'*Air sensitif.*

3° Une forme, de *Feu concupiscible.*

4° Une matrice, ou *Terre intellective.*

5° Une essence universelle et primitive, ou *mixte mémorable*, formée des quatre éléments, détermine les quatre phases du mouvement : la fermentation, la putréfaction, la formation et l'accroissement.

Si on l'étudie au point de vue de sa génération on y trouve sept forces en action :

1° Une matière, ou patient, formée de lumières et de ténèbres, eau chaotique et végétative ; c'est ici que sont les *Derses* de Paracelse, exhalaison occulte de la terre, par qui la plante croît.

2° Une forme, principe actif ou feu.

3° Un lien entre les deux précédents.

4° Un mouvement, résultat de l'action de l'agent sur le patient. Ce mouvement, qui se propage par les quatre éléments, détermine les quatre phases que nous avons énumérées plus haut, à propos du mixte mémorable.

Tout ce travail, préparatoire et occulte en quelque sorte, va donner comme résultats visibles :

5° L'âme du végétal, ou semence corporifiée, *clissus* de Paracelse, pouvoir spécifique et force vitale.

6° L'esprit ou mixte organisé, le *leffas* de Paracelse, ou corps astral de la plante.

7° Le corps de la plante.

Pour avoir une idée plus étendue de ces deux classifications, on pourra en rechercher les analogies dans le symbolisme de la mythologie grecque qui est très expressif, ce qui prête amplement matière à la méditation.

§ II. — *Physiologie végétale*

ANATOMIE. — Rien de si simple que la structure de la plante. Les parties anatomiques se réduisent à trois, et ce sont ces parties qui vont former, en s'individualisant, tous les organes.

1° La masse générale de la plante est formée par le *tissu cellulaire*, qui peut être regardé comme l'organe digestif de la plante (*Racine* : individualisation des tissus cellulaires ; intestin de la plante ; semence (Embryon).

2° Les intervalles entre les cellules ordinairement hexagonales forment des tuyaux qui s'étendent dans toute la plante et qui conduisent la sève par laquelle la plante est nourrie. Ces tuyaux ou conduits intercellulaires sont donc pour les plantes ce que sont pour les animaux les vaisseaux sanguins et les veines (*Tige* : individualisation des veines ; système sanguin de la plante ; capsule (organe femelle).

3° On remarque dans le tissu cellulaire de la plupart des plantes d'autres tuyaux qui sont formés par une fibre contournée en spirale et qui conduisent l'air par toute la plante. Ces tuyaux ou *vaisseaux spiraux* sont pour les plantes ce que les trachées sont pour les animaux. On les nomme aussi trachées des plantes (*Feuilles* : individualisation des trachées, poumons de la plante) [5].

---

5   Oken cité par le Dr Encausse, *Anatomie philos.*, Paris, 1894, in-8, p. 124.

De cette première esquisse nous allons passer à celle du rapport fonctionnel de ces organes entr'eux.

Le développement embryologique de la plante comprend les phases suivantes :

1° Localisation de la graine dans une matrice convenable : terre humide.

2° Les trois parties du germe commencent à végéter en se nourrissant des cotylédons.

3° La racine commence à absorber les substances nutritives de la terre. — La plante s'invidualise par ses fonctions respiratoires et digestives. Elle est née.

Voici, en substance, comment Papus résume la physiologie végétale [6].

1° *La Racine* : Plongeant dans la *Terre : estomac* de la plante ; elle va chercher la *matière* alimentaire.

2° *Les Feuilles* : Plongeant dans l'*Air* libre ou dissous dans l'*Eau : Poumons* de la plante.

Elles cherchent la lumière et les gaz nécessaires au renouvellement de la *force* qui doit évertuer la matière dans l'intérieur des tissus.

---

6   *Traité méthodique de Science Occulte*, ch. III, p. 267.

Cette force s'exprime par la chloro-phylle (*sang vert*), canaux de médiation.

3° *La Tige* :   *Appareil circulatoire,* dont les vaisseaux contiennent :

    1° la *sève* ascendante analogue du chyle.

    2° l'*air* absorbé par les feuilles.

    3° le résultat de l'action de l'air sur la sève nourricière, soit la *sève descendante*.

4° *Les Fleurs* :   Superflu de la force ; lieu des appareils de reproduction.

Nous allons étudier ces fonctions avec un peu plus de détail ; de leur connaissance dépend en effet tout l'art de la pharmacopée hermétique, comme on le verra dans la seconde partie de notre étude.

La graine se compose

1° du *germe* formé à son tour par

    1° La radicelle (futurs organes abdominaux).

    2° La gemmule (futurs organes respiratoires).

    3° La tigelle (futurs organes circulatoires, centre général d'évolution).

    Analogues aux trois enveloppes de l'embryon humain.

2° des *cotylédons* : Matériaux destinés à la nourriture du germe.

Chaque graine, contenant l'arbre en puissance, enferme un *Mysterium Magnum* ; par suite, on retrouvera dans le développement de la graine l'image renversée de la création du monde.

L'arbre commence à se manifester dès que la graine est placée dans sa matrice naturelle, la terre.

Cependant, la terre seule n'est qu'une matrice passive ; elle ne peut donc pas développer l'étincelle vitale, ou allumer l'*Ens* de la graine afin que les trois principes *Sel*, *Soufre* et *Mercure* s'y manifestent.

La lumière et la chaleur du Soleil sont nécessaires pour cela, parce qu'elles émeuvent le feu froid souterrain. — Alors, la graine, entraînée dans ce développement, passe par son évolution ultérieure.

Nous examinerons dans le chapitre suivant, au § *Culture*, ce qui arrive lorsque la matrice n'est pas correspondante au grain qu'on lui confie.

CROISSANCE DE LA GRAINE. — Ainsi, nous voyons déjà trois *Ens*, trois dynamismes en réaction mutuelle, chacun comprend sa trinité de principes, *Sel, Soufre* et *Mercure* : l'*Ens* de la terre, l'*Ens* de la graine, l'*Ens* du soleil. Le premier et le dernier *Ens* sollicitent donc, par une attraction magnétique, le développement du germe dans deux sens opposés : d'où la racine et la tige, qui rempliront, on le sait, dans la vie de la plante, des rôles analogiquement contraires.

De l'harmonie qui résulte entre ces trois *Ens* dépend le bon état de la tige (lisse, verdoyante, ou noueuse et noire) et des racines (multiples et grasses ou sèches et maigres).

CROISSANCE DE LA RACINE. — On sait que, au point de vue des trois principes, la vie et la sensibilité (magnétique) résident dans le *Mercure*. Le *Mercure* souterrain des minéraux est presque toujours vénéneux et chargé d'impuretés ; il est littéralement dans l'enfer, c'est-à-dire qu'il ne trouve pas à son activité d'autre aliment ni d'autre objet que lui-même.

Dès, par suite, qu'une vibration solaire parvient jusqu'à lui, il l'engloutit dans son corps, le *Sel*, et dans sa mère, le *Soufre*, tous deux intimement unis à son essence.

Alors la terre s'ouvre ; ses atomes obtiennent une liberté relative ; et le corps plastique, le *Sel*, qui était dans une torpeur saturnienne, devient susceptible d'attraction et est en effet attiré, dans ses éléments homogènes, par l'*Ens* du germe.

CROISSANCE DE LA TIGE. — D'ordinaire, le bas de la tige est blanc, le milieu est brun, le sommet est vert.

Le blanc indique la tendance vers l'expansion subitement délivrée des puissances constrictives de la racine ; le brun indique une expression saturnienne, résultat de la malédiction divine ; l'écorce est la partie du végétal qui est dans les limbes.

Car si le Grand Mystère est représenté dans les arbres, le règne végétal a été atteint comme toute la Création par la chute d'Adam ; mais dans la beauté des fleurs et dans la douceur des fruits, on y voit, encore plus qu'aux autres créatures, les splendeurs du Paradis.

Enfin, le vert est le signe de la vie mercurielle serpentant dans le *Jupiter* et le *Vénus* des frondaisons.

L'ARBRE. — C'est à coup sûr le type le plus parfait de tous les êtres végétaux ; on y retrouve les influences des étoiles, des éléments, du *Spiritus mundi* et du *Mysterium Magnum*, qui est lui-même Feu et Lumière, Colère et Amour, comme Verbe prononce du Père éternel.

PRODUCTION DES NŒUDS. — L'arbrisseau croît, par l'émulation mutuelle des deux *Ens*, du soleil extérieur et du soleil intérieur pour l'accomplissement de sa fin, qui est la production d'une eau douce qui va fournir à la fleur les éléments de sa forme élégante et de ses belles couleurs.

On sait que les sept formes de la Nature extérieure agissent ainsi dans la plante : *Jupiter*, *Vénus* et la *Lune* coopèrent tout naturellement à l'action expansive de son soleil intérieur ; mais *Mars* exagère cette expansion, car il n'est autre que l'esprit igné du *Soufre*, la vie *Mercurielle* tourbillonne devant lui et *Saturne* congèle et corporise cette frayeur : ainsi se produisent les nœuds.

PRODUCTION DES BRANCHES. — Les branches sont le résultat du combat que livrent les forces naturelles en plein mouvement quand elles veulent conserver la communication avec le soleil extérieur ; ce sont, si l'on veut, comme les gesticulations de la plante qui se sent oppressée, et qui veut jouir dans la liberté de son vouloir propre. De même que la force vitale, dans l'homme, fait sortir les venins intérieurs sous forme de furoncles, de même la chaleur vitale de l'arbre le fait bourgeonner, surtout lorsque l'appel de l'*Ens* extérieur est le plus pressant, comme au printemps.

En d'autres termes, pour reprendre la suite du *Paragraphe*, la frayeur de la vie mercurielle, ou le *Sel* enserré par ♄, lutte désespérément, s'échauffe, devient un *Soufre* ; ce *Soufre* donne une nouvelle impulsion à son fils, le *Mercure* ; celui-ci tend à rayonner ; et ♀ lui donne la substance plastique des bourgeons et des rameaux.

LA FLEUR. — Le *Soleil* surmonte peu à peu les excès de *Mars* ; la plante diminue son amertume ; *Jupiter* et *Vénus* épuisent leur activité et se fondent dans la matrice de la *Lune* ; les deux *Ens* s'unissent, de sorte que le *Soleil* intérieur, la force vitale de la plante ressaisit son principe, passe à l'état de *Soufre*, et réintègre le régime de la liberté divine[7].

LE PARADIS DE LA PLANTE. — Les sept formes s'intervertissent, en dedans et en haut, dans ce même régime, et entrent alors dans un jeu de complète harmonie. L'image de l'éternité se forme dans le temps ; le *Soufre* de la plante repasse dans le latent ; le *Sel* se transmue : le règne du Fils s'inaugure par une joie paradisiaque, qui s'exhale avec le parfum : ainsi le corps des saints dégage une odeur exquise ; c'est ce que Paracelse appelle la *Teinture*.

LA GRAINE. — Mais comme Adam a péché, ce paradis cesse bientôt et rentre dans l'obscurité de la graine, où les deux soleils viennent s'occulter.

LE FRUIT. — C'est l'esprit caché des éléments qui opère dans la fructification.

Les fruits ont une qualité bonne et une mauvaise, qu'ils tiennent de Lucifer. Ils ne sont donc pas entièrement sous le régime de la Colère, parce que le Verbe unique qui est

---

7   Remarquons ici deux modes d'inflorescence : l'indéterminé dans lequel la croissance part du centre : tels le lis et la rose, symbolisant le développement spirituel ; et le déterminé : la croissance se fait de la circonférence symbolisant le développement matériel.

partout immortel et imputrescible jusque dans la putréfaction souterraine de la semence, reverdit en eux ; c'est le
Verbe qui tient la terre, et la terre n'a pas saisi le Verbe.

Nous en sommes restés au triomphe du régime de
l'Amour dans la plante, c'est-à-dire à sa floraison. Quand
il est manifesté, l'*Ens* se transporte en son lieu et y agglo-
mère par suite une grande quantité d'éléments plastiques,
c'est-à-dire des *Lunes* que la chaleur du *Soleil* externe
transforme en *Vénus* ; ainsi la pulpe du fruit se développe
autour d'un centre qui est le fils du *Soleil* interne. Les sept
planètes se retrouvent dans le fruit, et en déterminent la
saveur ; en attendant que *Saturne* vienne le faire retomber
sur la terre d'où il s'était levé.

MATURATION. — La qualification donnée aux fruits
de *mûrs* pour désigner leur point de perfection, la période
où leur jus devient sucré est mal désignée par ce mot qui
indique, au contraire, leur état d'agonie. L'anglais *ripe*, l'allemand *reif*, le morinien *ryp*[8], ce dernier mot étant la mé-
tathèse de pur, sont bien plus expressifs.

La maturation est le résultat d'une sorte de vertige
que le *Soleil*, ou l'ens, fait éprouver au principe paternel
du *Soufre* et qui le précipite de la vie éternelle dans la vie

---

8   Remarquons que ce mot désigne quelque chose de sain, et
aussi une *Sanie*, du *purin*.

temporelle. Nous tirerons de là, tout à l'heure, des indications sur le sens des saveurs des fruits.

RÉSUMÉ. — Nous avons fait cette rapide esquisse en nous servant à dessein de toutes les nomenclatures. Nous allons la reprendre en quelques lignes, en employant la théorie bouddhique naturaliste ou ionienne suivante.

On peut considérer le monde créé comme résultant des interactions de trois forces : l'expansion, ou lumière, ou douceur (l'Abel de Moïse), la contraction, obscurité ou rudesse (Caïn) et la rotation, ou angoisse, ou amertume (Seth). Nous allons retrouver ces forces en jeu dans le règne végétal.

Supposons le germe placé dans la terre. La douceur fuit l'obscurité et l'angoisse, qui la poursuivent ; d'où croissance de la plante.

A la chaleur du soleil, la lutte des trois forces devient plus ardente ; la contraction et la rotation s'exaltent, accablent l'expansion, d'où l'écorce, les nœuds.

Mais l'expansion, dès le plus petit répit que lui laissent ses adversaires, s'étend de tous côtés et pousse des rameaux, s'inscrit par la couleur verte et se livre aux forces vivificatrices du soleil qui la portent, dans les fleurs, à sa perfection.

La contraction fait un tout homogène des divers organes et l'angoisse les divise en parties ; elles coopèrent ensemble, parce que, venues d'en bas, elles doivent obéir à la force solaire qui vient d'en haut ; ainsi se forme le fruit, qui se développe jusqu'à ce que l'énergie expansive soit dépensée ; moment auquel il est prêt à tomber pour donner naissance à un nouveau circulus vital.

L'OD DE LA PLANTE. — Depuis la découverte de Reichenbach, on sait que toute chose dans la Nature dégage une sorte d'exhalaison invisible dans les conditions ordinaires, mais visible pour les sensitifs. Cette radiation varie en couleur, en intensité, en qualité.

Le sommet des plantes est toujours positif, et le bas toujours négatif, quel que soit le fragment de la plante présenté à l'examen du sensitif.

Les fruits sont positifs et les tubercules négatifs.

Dans un fruit le côté de la fleur est positif, et le côté du pédoncule négatif.

Ces remarques sont utilisées actuellement par les successeurs du comte Mattéi, dans la pratique de l'Electro-homéopathie ; mais je ne crois pas, personnellement, que cette polarité soit profonde.

L'ÂME DE LA PLANTE. — Nous empruntons à un livre très bien fait de M. E. Boscowitz, les témoignages des savants qui attribuent à la plante une vie et une sensibilité de personne. — Sans parler des doctrines brahmaniques, bouddhiques, taoïstes, égyptiennes, platoniciennes ou pythagoriciennes, toutes plus ou moins profondément pénétrées de l'esprit initiatique, rappelons que des philosophes comme Démocrite, Anaxagore et Empédocle, ont soutenu cette thèse. Dans des temps plus modernes, Percival prétend que les mouvements des racines sont volontaires; Vrolik, Hedwig, Bonnet, Ludwig, F. Ed. Smith affirment que la plante peut éprouver des sensations, qu'elle peut connaître le bonheur; Erasme Darwin dans son *Botanical Garden* dit qu'elle est animée; les ouvrages de Von Martius[9] prouvent la même chose; Théodore Fechner a enfin écrit un livre intitulé: *Nanna oder Uber das Seelenleben der Pflanzen*.

Voici les caractères d'analogie que présentent les plantes avec les êtres doués de personnalité:

La respiration s'y effectue par les trachées de Malpighi, formées d'un ruban cellulaire roulé en spirale et douées de contraction et d'expansion.

L'air est indispensable à leur vie (expériences de Calandrini, Duhamel, Papin); et il a sur la sève une action analogue à celle qu'il a sur le sang (Bertholon).

La face inférieure des feuilles est percée de stomates, organes de cette respiration (Exp. d'Ingenhous, de Hales, Théodore de Saussure, de MM. Mohl et Garreau).

---

9   Cf. Reise in Brasilien; Pflanzen und Thiere des tropischen America; Die Unsterblichkeit der Pflanzen.

Elles gardent l'oxygène de l'air, exhalent l'acide carbonique (Garreau, Hugo Von Mohl, Sachs).

Elles se nourrissent du carbone, qu'elles extraient de l'acide carbonique, et par conséquent exhalent pendant le jour une grande quantité d'oxygène.

Leurs racines leur servent d'estomac, ainsi que leurs feuilles ; la sève est analogue au chyle.

La nutrition des plantes est une fonction si active que Bradley a calculé qu'un chêne, en cent ans, absorbe 280 000 kilos d'aliments.

Les excrétions de la plante sont presque toutes pour l'homme des substances vivifiantes, comme, à leur tour, les excrétions des animaux le sont pour elles-mêmes.

Si la circulation de la sève n'est pas encore un fait prouvé d'une façon éclatante, on sait du moins que les plantes transpirent très fortement.

Comment expliquer les mouvements des plantes à la recherche de la lumière, du soleil, de leur nourriture, c'est-à-dire d'un terrain propice ?

Comment expliquer leur puissance amoureuse, la chaleur, l'électricité qu'elles dégagent au moment de leur fécondation ?

D'où viennent enfin les propriétés merveilleuses de la fleur de résurrection et de la Rose de Jéricho ?

L'initié constate tous ces phénomènes et il admire une fois de plus l'ingénieuse sagesse de ses prédécesseurs comme la pénétrante intuition du peuple qui a donné à chaque arbre son Hamadryade à chaque fleur sa fée, à chaque herbe son génie. Les observations scientifiques dont on vient de lire le résumé ne peignent-elles pas avec vérité les mouvements obscurs de l'âme des élémentaux qui s'efforce vers la conscience ?

PLANTES ET ANIMAUX. — L'ingénieux Bonnet, de Genève, consacre toute la dixième partie de l'un de ses ouvrages [10] au parallèle des plantes et des animaux; et il exprime de la façon suivante le résultat de ses nombreuses comparaisons :

« La nature descend par degrés de l'homme au polype, du polype à la sensitive, de la sensitive à la truffe. Les espèces supérieures tiennent toujours par quelque caractère aux espèces inférieures; celles-ci aux espèces plus inférieures encore... La matière *organisée* a reçu un nombre presque infini de modifications diverses et toutes sont nuancées comme les couleurs du prisme. Nous faisons des points sur l'image, nous y traçons des lignes et nous appelons cela faire des genres et des classes. Nous n'apercevons que les teintes dominantes, et les nuances délicates nous échappent.

---

10   *Contemplation de la nature*, t. II.

« Les plantes et les animaux ne sont donc que des modifications de la matière organisée. Ils participent tous à une même essence, et l'attribut distinctif nous en est inconnu [11]. »

La plante végète, se nourrit, croit et multiplie ; mais les graines végétales sont de beaucoup plus nombreuses que les œufs ou les ovules fécondés chez les animaux, sauf pour les espèces inférieures.

De même, un individu produit beaucoup plus de bourgeons dans le premier règne que de fœtus dans le second.

La nourriture est absorbée chez les uns par des surfaces poreuses, chez les autres, par une seule bouche : l'alimentation, par les racines extérieures, est incessante ; chez les animaux développés, elle se fait par intervalles et par des racines intérieures (vaisseaux chylifères).

La majorité des plantes est hermaphrodite.

Les plantes enfin sont immobiles, sauf le mouvement des feuilles et de quelques fleurs vers le soleil ; les animaux sont mobiles.

CONCLUSION GÉNÉRALE. — Il résulte de cette rapide étude que le mouvement général de la vie terrestre, dans ces trois règnes inférieurs, apparaît comme l'effort gigantesque d'une Puissance organisée (la Nature physi-

---

11   *Op. cit.*, tome II, ch. XXXIV. p. 84.

que) atteignant le libre arbitre, caractéristique du règne hominal, en passant de l'infini du règne minéral à l'individualisation (végétaux) puis au mouvement spontané (animaux).

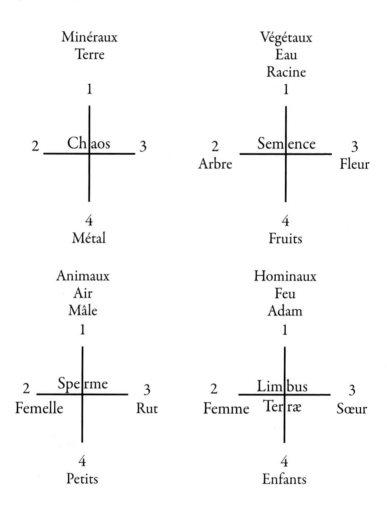

C'est ce qu'expriment d'une façon frappante les quatre schémas ci-dessus complétés d'après Madathanus et qui permettent de considérer chaque règne comme un milieu dont les atomes sont à une phase particulière du mouvement au repos, puis à l'état d'équilibre, puis à celui de tourbillon, puis en résolution.

Le cinquième, le sixième et le septième état représentent les règnes (spirituels pour nous) supérieurs à l'évolution actuelle du genre humain.

§ III. — *Les Signatures*
(Physionomie végétale)

Chaque plante est une étoile terrestre. Ses propriétés célestes sont inscrites sur les couleurs des pétales, et ses propriétés terrestres sur la forme des feuilles ; toute la Magie y est contenue puisque les plantes représentent tout l'ensemble des puissances astrales.

Il y a trois clés différentes que l'on peut employer pour reconnaître à ses propriétés extérieures les vertus intérieures d'une plante la clé binaire, la clé quaternaire ou des éléments, ou zodiacale ; et la clé septénaire ou planétaire.

CLÉ BINAIRE. — En voici, d'après Saint-Martin, la théorie avec deux exemples d'application pratique.

« Il y a dans chaque chose, soit matérielle, soit immatérielle, une force impulsive, qui est le principe d'où cette
chose reçoit son existence...

« Mais cette force impulsive universelle que nous ob-
servons dans la nature n'aurait pas lieu si une force com-
pressive et comme opposée ne la resserrait, pour en augmenter l'intensité ; c'est elle qui, en lui donnant du ressort,
opère, en même temps le développement et l'apparence de
toutes les propriétés et de toutes les formes engendrées par
l'élan de la force impulsive.

« La végétation, surtout, nous offre ces deux lois
distinctement, dans toutes leurs différentes professions.
Dans le noyau d'un fruit, la résistance l'emporte sur la
force, aussi reste-t-il dans l'inaction ; lorsqu'on l'a planté,
et que la végétation s'établit, elle n'a lieu que parce que la
force combat la résistance et se met en équilibre avec elle.
Lorsque le fruit paraît, c'est la force qui l'a emporté sur la
résistance et qui est parvenue à vaincre tous les obstacles,
quoique néanmoins ce fruit ne s'offre à nous que comme
étant l'union d'une force et d'une résistance, en ce qu'il est
composé et de ses propriétés substantialisées, et de son en-
veloppe qui les contient, les rassemble, les conserve et les
corrobore, selon cette loi universelle des choses.

« D'après ce tableau, on voit quelles plaies a souffertes la nature primitive et éternelle, que nous avons reconnue comme devant avoir été l'apanage de l'homme[12].

« L'objet de la végétation, continue cet adepte, dans la suite du même ouvrage, est de nous transmettre les rayons de beauté, de couleur et de perfection qui ont leur source dans la région supérieure, et qui ne tendent qu'à s'introduire dans notre région inférieure.

« Chaque grain de semence est un petit chaos.

« Tout dans la nature est composé d'une action divisante : la force, et d'une action divisible : la résistance.

« Quand la seconde est privée de la première, elle produit de l'eau ; quand elle ne subit pas cette privation, elle produit le feu.

« De même que l'union du feu et de l'eau se manifeste par la couleur verte des feuilles, la putréfaction est localisée dans les racines et la sublimation dans les couleurs vives des fleurs et des fruits.

« Les graines, étant la prison des puissances supérieures, retracent analogiquement l'histoire de la chute et le mythe de Saturne dévorant ses enfants.

« Ainsi, la génération est un combat dont les phases s'expriment par la signature, et il n'y a aucun être qui

---

12   Saint-Martin, *Esprit des choses*, tome I, p. 140.

ne retrace, par sa forme extérieure, l'histoire de sa propre naissance...

« ... Dans le chêne, l'amande, d'un goût âpre et austère, renfermée dans son gland, indique que cet arbre a subi un violent effort de la part de la résistance, effort qui ne tendait à rien moins qu'à l'anéantir...

« Si avec ce même coup d'œil nous considérons la feuille de la vigne, le pépin du raisin et les propriétés du vin, nous reconnaîtrons bientôt que dans le pépin, l'eau a été extrêmement concentrée par la résistance, ce qui fait qu'elle se développe avec tant d'abondance dans les pampres ;

« Que dans cette expansion de l'eau, la feuille de vigne indique, par sa forme, qu'elle n'est si abondante que pour avoir été séparée de son feu, et que ses facteurs ont été binaires comme dans une infinité d'autres plantes ;

« Que, par conséquent, le feu y a été aussi extrêmement séparé de l'eau, ce qui se fait connaître à la branche du cep, où les feuilles et le pédicule de la grappe alternent ensemble, mais toujours du côté opposé ;

« Que, selon sa loi, ce feu monte toujours plus haut que l'eau, ce qui se fait connaître au pédicule de la grappe, qui s'élève toujours au-dessus de sa feuille correspondante ;

« Qu'aussi ce feu est très voisin de la vie primitive, qui ne fait pour ainsi dire qu'un avec lui, ce qui est cause que le grain de raisin prend une forme sphérique si régulière, comme ayant pompé par ses étamines et son pistil le cercle complet des virtualités astrales, dont le nombre embrasse toute la circonférence et établit l'équilibre entre la résistance et la force ;

« Que, par cette raison, il est si sain et salutaire lorsqu'il est pris avec mesure et modération ;

« Mais que, vu la source divisée ou binaire, d'où il dérive, il doit opérer les plus grands ravages quand il est pris avec excès ;

« Qu'en outre, ces excès sont d'un genre remarquable :

1º En ce qu'ils portent à la dispute, à l'absence de la raison, aux combats et aux meurtres ;

2º En ce qu'ils portent à la luxure qui est écrite de tant de manières sur la forme du pépin ;

3º En ce que l'ivresse, en excitant à la luxure, est cependant bien loin d'être funeste à la génération [13].

CLASSIFICATION ÉLÉMENTAIRE. — On sait que chacun des quatre éléments avec la quintessence correspond à chacun de nos cinq sens ; c'est-à-dire que chacune de ces cinq formes de mouvement nous révèle les qualités des objets par une vibration de l'un de nos centres, nerveux sensoriels.

---

13   Saint-Martin, *Esprit des choses*, tome I, p. 156 et 199.

La Terre correspond à l'odorat (l'odeur).

L'Eau   — au goût (la saveur).

Le Feu   — à la vue (la forme).

L'Air   — au toucher (le volume).

La Quintessence   — à l'ouïe (l'esprit).

D'où le tableau N° 1.

PLANTES	ODEUR DES FLEURS	SAVEUR DES FRUITS	FORME GÉNÉRALE	VOLUME
de Terre	Grasse	Sucrée	Ramassée Jaune	Petit
d'Eau	Nulle	Acidulée	Rampante Verdâtre	Petite tige Feuilles & fruits Grands
de Feu	Pénétrante	Piquante	Tourmentée Rouge	Moyenne Rayonnante
d'Air	Mauvaise	Astringente	Elancée Bleuâtre	Très haut

TABLEAU N° 1

Ceci ne comprend que les types simples, qui sont purement théoriques ; en réalité, il faut combiner les uns avec les autres ces quatre éléments et on obtiendra le tableau N° 2 des signes du zodiaque, qui pourra indiquer le caractère général d'une plante.

Si, maintenant, on veut connaître a priori, les qualités d'une plante signée, par exemple, du *Bélier*, en se reportant à ce dernier tableau, on voit que le *Bélier* est un *feu* (col. verticale) de *terre* (col. horizontale) les qualités de cette plante seront donc, d'après le premier tableau, une odeur pénétrante et grasse, une saveur piquante sans rien de désagréable ; les fleurs seront rouge orangé ; et la plante sera de petite taille, quoique robuste.

	Feu	Terre	Air	Eau
Eau	Feu	2 TAUREAU	3 GÉMEAUX	4 CANCER
Terre	1 BÉLIER	Terre	7 BALANCE	8 SCORPION
Air	5 LION	6 VIERGE	Air	12 POISSONS
Eau	9 SAGITTAIRE	10 CAPRICORNE	11 VERSEAU	Eau

TABLEAU N° 2

Nous pensons que cet exemple suffira à l'intelligence de cette méthode ; voici d'ailleurs, compilés d'après un grand nombre d'auteurs, les signatures de chacun des signes zodiacaux ; on pourra ainsi se perfectionner dans la pratique.

Signatures Zodiacales

♈

Les plantes signées par le *Bélier* seront chaudes et sèches ; l'élément Feu y dominera ; enfin, leur conformation offrira des ressemblances plus ou moins éloignées avec la tête et ses subdivisions : les yeux, le nez, la langue, les dents, la barbe ; elles sont à fleurs jaunes, de saveur acre, la tige et les feuilles minces, diphylles ou bipétales ; parfum, la myrrhe.

♉

Les plantes signées par le *Taureau* sont froides et sèches ; l'élément Terre y domine ; leur goût est par conséquent aigre, d'une odeur suave, elles sont de haute taille, dégagent des effluves aromatiques, gèlent facilement, portent beaucoup de fruits. Il en est dont la forme est celle d'une gorge ; plantes à fleurs androgynes.

Parfum : le coq aromatique.

♊

Les plantes signées par les *Gémeaux* sont chaudes et humides modérément, leur élément est l'Air ; ce sont des herbes à fleurs blanches ou pâles, très vertes, de saveur douce, souvent lactescentes ; elles présentent quelque conformité de figure avec les épaules, les bras, les mains, les mamelles ; elles sont souvent heptaphylles.

Parfum : le mastic.

♋

Les plantes signées par le *Cancer* sont froides et humides ; l'eau domine : elles sont insipides, marécageuses à fleurs blanches ou cendrées : elles croissent souvent sur le bord des eaux ; leurs feuilles prennent la forme des poumons, du foie ou de la rate ; elles sont tachetées, boursouflées, à cinq pétales.

Parfum : le camphre.

♌

Les plantes signées par le *Lion* sont chaudes et sèches, dominées par l'élément Feu ; elles ont des fleurs rouges, ou une saveur poignante, ou amère, ou celles qui brûlent très vite ; leur fruit a la figure de l'estomac ou du cœur ; les crucifères.

Parfum : l'encens.

♍

Les plantes signées par la *Vierge* sont froides, sèches et renferment beaucoup de terre. Ce sont des végétaux rampants, aux tissus durs et cassants ; dont les feuilles et les racines prennent la semblance de l'abdomen, ou des intestins. Dans la très grande majorité des cas, leurs fleurs ont cinq pétales. Parfum : le santal blanc.

♎

Les plantes signées par la *Balance* sont chaudes, humides et aériennes ; leurs fleurs sont fauves, leurs tiges hautes, molles et flexibles ; leurs fruits ou leurs feuilles rappellent la forme des reins, de l'ombilic, de la vessie, leur saveur est douce ; elles croissent de préférence dans les terrains pierreux. Parfum : le galbanum.

♏

Les plantes signées par le *Scorpion* sont chaudes, humides. Elles peuvent être insipides, aqueuses, gluantes, laiteuses ou fétides, et avoir la forme des organes sexuels de l'homme. Parfum : le corail rouge.

♐

Les plantes signées par le *Sagittaire* sont chaudes et sèches ; dominées par l'élément feu ; elles sont amères, et empruntent les formes de la région anale. Parfum : l'aloès.

♑

Les plantes signées par le *Capricorne* sont froides et sèches ; l'élément terre domine en elles ; leurs fleurs sont verdâtres, leur suc coagule et est toxique. Parfum : le nard.

♒

Les plantes signées par le *Verseau* sont modérément chaudes et humides ; elles sont également aériennes ; et très souvent aromatiques : elles prennent la forme des jambes.
Parfum : l'euphorbe.

♓

Les plantes signées par les *Poissons* sont froides et humides ; L'eau semble y dominer ; leur saveur est fade, leur forme est celle des doigts ; elles croissent dans les lieux frais et sombres, au bord de l'eau. Parfum : le thymiane.

CLASSIFICATION SEPTÉNAIRE OU PLANÉTAIRE. —
Voici, en quelques mots, les bases de classification :
Saturne : astringent, concentrant.
Jupiter : rayonnant, majestueux.
Mars : colère, épines.
Soleil : beauté et noblesse, harmonie.
Vénus : suavité.
Mercure : indéterminée.
Lune : étrangeté.

En développant ces caractères, on a :

Saturne	Grand et triste	Fleurs noires, grises	Puant	Fruits âcres, vénéneux
Jupiter	Grand, touffu	Bleues ou blanches, gaies	Inodore	Sucrés, acidulés
Mars	Petit, épineux	Rouges, petites	Piquante et désagréable	Chauds, poivrés, vénéneux
Soleil	Moyen	Jaunes	Aromatique	Acidulés, bons
Vénus	Petit, fleuri	Roses, belles, grandes	Exquise, lourde	Pas de fruits ou sucrés
Mercure	Moyen, sinueux	Petites, variées	Pénétrante ou mauvaise	Saveur mixte
Lune	Bizarre	Blanches	Inodore ou fade	Insipides, écœurant

TABLEAU N° 3

La saveur est donnée par le *Sel* de la terre où croît la plante ; elle indique l'idéal de la plante et la voie qu'il faut suivre pour en extraire le baume.

Les feuilles et la tige indiquent la planète dominante.
Dans un végétal : La racine est de Saturne ;

— La semence et l'écorce de Mercure ;

— Le bois fort, de Mars ;

— Les feuilles, de la Lune ;

— Les fleurs, de Vénus ;

— Le fruit, de Jupiter.

SIGNATURES PLANÉTAIRES. — Les plantes signées par *Saturne* sont pesantes, glutineuses, astringentes, de saveur amère, âcre ou acéteuse ; les racines, les végétaux qui produisent des fruits sans fleurs, qui produisent sans semence, qui sont aspores, à baies noires ; dont l'odeur est pénétrante, la forme effrayante, l'ombrage sinistre, qui sont résineux, narcotiques, consacrés aux choses funèbres, et qui croissent lentement.

Les plantes régies par *Jupiter* ont une saveur douce, suave, subtile, styptique et même acidulée ; tous les végétaux portant fruits, même sans fleurs ; ceux qui ont beaucoup de fruits et d'aspect fortuné.

Les plantes régies par *Mars* sont acides, amères, âcres et piquantes ; elles sont vénéneuses par excès de chaleur ; elles sont épineuses, cuisent au toucher ou piquent les yeux.

Les plantes *solaires* sont aromatiques, d'une saveur acidulée ; elles chassent la foudre et sont des contre-poisons ; il en est aussi qui restent toujours vertes ; elles sont bonnes pour la divination et contre les mauvais esprits ; elles se tournent vers le soleil ou en portent la figure sur leurs feuilles, leurs fleurs ou leurs fruits.

Les plantes gouvernées par *Vénus* sont de saveur douce, agréable et onctueuse ; elles produisent des fleurs sans porter de fruits ; elles ont beaucoup de graines et sont aphrodisiaques ; leur odeur est presque toujours suave.

Les plantes correspondant à *Mercure* ont une saveur mixte ; elles produisent des fleurs et des feuilles sans fruit ; les feuilles sont petites et les couleurs variées.

Les plantes régies par la *Lune* sont insipides, vivent à côté de l'eau ou dans l'eau ; elles sont froides, laiteuses, narcotiques, anti-aphrodisiaques, leurs feuilles sont souvent grandes.

AMITIÉS ET INIMITIÉS des plantes selon leur signature :

Signes amis :	Taureau : Cancer et Sagittaire.
—	Gémeaux : Balance et Verseau.
—	Cancer et Balance.
—	Vierge : Taureau.
—	Scorpion : Cancer.
Signes ennemis :	Taureau : Balance, Scorpion.
—	Gémeaux : Capricorne.
—	Cancer : Sagittaire.
—	Vierge : Bélier et Lion.

Planètes ennemies : Saturne, Mars, Soleil.

Planètes amies :   Vénus avec toutes, surtout avec Mars.

—   Mercure avec toutes, surtout avec Jupiter.

COMBINAISONS D'INFLUENCES. — Voici quelques exemples, pour aider l'étudiant, des résultats que produisent les influences combinées de plusieurs planètes :

Saturne dominant, par exemple, donne une plante de couleur noire ou gris sale, de tige dure et rude, de saveur acerbe, sûre ou salée ; grand et grêle, à fleurs sombres ; il appelle presque toujours *Mars*, et alors, la plante devient bosselée, noueuse, branchue, d'aspect sauvage et tourmenté.

Saturne et *Vénus* donnent un grand arbre, fort parce que la douceur vénusienne donne la matière pour se développer au soufre de *Saturne*.

Si *Jupiter* est près de *Vénus*, la plante est pleine de force et de vertu.

Si *Mercure* influe une plante entre *Vénus* et *Jupiter*, elle est encore plus parfaite ; c'est un beau végétal, de corps moyen, à fleurs blanches ou bleues.

Si le *Soleil* s'approche des précédentes, la fleur jaunit.

Si *Mars* ne leur est pas contraire, la plante est capable de résister à toutes les mauvaises influences, et elle donne d'excellents remèdes. Mais une telle combinaison est très rare, parce qu'elle est proche du Paradis.

Si *Mars* et *Saturne* se contredisent, avec *Mercure*, *Vénus* et *Jupiter*, c'est un arbre vénéneux, à fleurs rougeâtres et tirant sur le blanc (à cause de Vénus), rude au toucher et d'un goût exécrable.

Si, bien que *Mars* et *Saturne* se contredisent, *Jupiter* et *Vénus* y sont puissants, et *Mercure* très faible, la plante est chaude et curative ; la tige est fine, un peu rude et épineuse ; les fleurs sont blanchâtres.

Si *Vénus* est proche de *Saturne*, si la *Lune* n'est pas contrariée par *Mars* et *Jupiter*, libre, cela donne une jolie plante, tendre, délicate, à fleurs blanches, inoffensive mais peu utile.

৵

DEUXIÈME PARTIE

L'HOMME ET LA PLANTE

L'HOMME ET LA PLANTE

Le règne végétal étant soumis à *Vénus* n'a qu'une seule fonction vis-à-vis de l'homme : celle de le nourrir.

La plante peut nourrir l'homme, c'est-à-dire en réparer les pertes organiques :

1° Dans son corps physique, soit l'alimentation.

2° Dans son corps électro-magnétique, soit la cure des maladies.

3° Dans son corps astral : somnambulisme, extases, cérémonies magiques, divination.

L'homme, à son tour, peut trois choses pour la plante :

La cultiver (agriculture magique).

La rédimer (croissance magique).

La ressusciter (palingénésie).

Nous allons étudier séparément chacun de ces six articles.

§ I. — *Alimentation*

Je ne veux pas refaire ici un plaidoyer en faveur du végétarisme ; de plus savants que moi en ont fait avec autorité ressortir les avantages. Je me permettrai seulement d'indiquer quelques règles pour les débutants végétariens.

1° Passer lentement de la créophagie au végétarisme, et ne changer les boissons fermentées, contre le lait ou l'eau, que lorsque le changement de régime est accompli pour les aliments solides ; on doit aider ce changement par une consommation plus grande de fruits charnus ou aqueux.

2° Effectuer ce changement de régime à la campagne.

3° Ne rester végétarien dans les villes, et surtout à Paris, que si l'on ne prend pas ses repas au restaurant, et s'il n'y a pas de faiblesse générale.

4° Ne pas craindre de manger une quantité d'aliments végétaux plus grande que celle d'aliments animaux que l'on consommait auparavant.

5° Conserver longtemps le poisson dans ses menus ; les œufs, le lait, le beurre ne doivent jamais être exclus sauf dans des cas exceptionnels d'ascétisme.

6° Enfin, apprendre en même temps à gouverner peu à peu son organisme physique et à devenir maître par la volonté des petites irrégularités fonctionnelles qui peuvent se produire.

COMMENT IL FAUT PRENDRE SES REPAS. —
D'une façon générale, plus on dépense de forces pour
accomplir un acte, plus cet acte nous devient profitable.
— Ainsi, en poussant les choses à l'extrême, il faudrait
cultiver nous-mêmes nos plantes alimentaires, les récolter
et les préparer nous-mêmes, dans des ustensiles qui ne servent qu'à ces seuls usages. Pour les initiations naturalistes
et panthéistes, qui développent l'étudiant de bas en haut,
ou de dehors au dedans, on commence par purifier et perfectionner son corps astral et enfin son intelligence. C'est
ainsi qu'il est ordonné aux Brahmes et aux ascètes hindous
de préparer eux-mêmes leur nourriture, et de ne jamais
laisser toucher par d'autres que par l'épouse les ustensiles
de cuivre.

De là viennent aussi les prescriptions relatives à la position du corps pendant le repas ; il existe des relations entre
les courants électro-magnétiques d'une planète et ceux des
individus qui vivent à sa surface ; il serait trop long d'exposer ici cette théorie : bornons-nous à dire que le mieux,
pour nos contrées est de manger en regardant le Nord.

Une autre prescription est celle des ablutions ; les prêtres hindous se lavent les mains, les pieds, la bouche, le nez,
les yeux et les oreilles, en répétant une invocation sacrée.
A cela correspond, chez nous, le *Benedicite* qui, prononcé
magiquement c'est-à-dire du fond du cœur, possède une
réelle valeur de dynamisation.

Enfin, une dernière prescription est celle du silence ; elle est observée chez les religieux du monde entier ; elle a pour but, en concentrant l'attention sur l'acte du repas, de réduire, dans de sensibles proportions, la quantité de matières nécessaires à la réfection ; la digestion demande ainsi une moins grande activité du plexus solaire, d'où économie de force nerveuse que les exercices de contemplation emploient avec fruit. — Mais, pour ceux qui vivent dans le monde et avec le monde, dans l'atmosphère alourdie des grandes villes, la gaieté est le meilleur digestif et vaut tous les alcools du monde, pour stimuler la paresse de l'estomac.

§ II. — *Thérapeutique*

Les vertus curatives du règne végétal ont été de tout temps les plus célèbres ; il y avait là une intuition générale très remarquable ; le nom hellénique du dieu même de la médecine, *Æsculape*, signifiant : le bois, espoir du salut, ou selon Porphyre, la faculté solaire de régénérer les corps, ou celui qui répare les solutions de continuité dans les tissus.

Les plantes peuvent être employées en médecine dans leurs trois états : vivantes, mortes ou ressuscitées.

La plante vivante sert comme modificatrice du milieu, mais surtout quand elle est aromatique. Son odeur tonifie alors toutes les inflammations des muqueuses respiratoires. Ainsi, les phtisiques se trouveront bien de respirer l'odeur du pin, de la lavande, du romarin, du basilic, de la menthe ; etc.

Ceci est l'emploi exotérique des plantes vivantes ; leur emploi ésotérique est indiqué par Paracelse sous le nom de :

TRANSPLANTATION DES MALADIES. — Les maladies peuvent être transportées de la personne souffrante à n'importe quel autre être vivant [14].

Pour cela on prend une mumia quelconque du malade, du sang, etc., on en arrose la terre contenue dans un pot et on y plante une graine de même signature que la maladie ; lorsque la plante a crû, on la jette daus une eau courante, s'il s'agit de fièvres ou d'inflammations ; mais s'il s'agit d'affections humides, il faut la réduire en fumées.

Pour les ulcères et les blessures, on emploie *Polygonum persicaria, Symphytum officinal, Botanus europeus*, etc. —

---

14   Cette pratique, quoique recommandée par l'autorité morale des grands maîtres de l'Occultisme, est pernicieuse pour le plan spirituel de l'homme et du végétal : je m'expliquerai quelque jour là-dessus ; pour le moment, je me contenterai d'en passer le *modus operandi* sous silence.

on doit mettre quelque temps la plante en contact avec l'ulcère, avant de la brûler.

Pour les maux de dents, frotter les gencives jusqu'au sang avec la racine de *Senecio vulgaris*.

Pour la menorrhée utérine, prendre la mumie des grains ; la planter avec *Polygonum persicaria*.

Pour la *menorrhœa difficilis*, *Mentha pulegium*.

Pour la phtisie pulmonaire, le chêne ou le cerisier.

De nos jours, on a expérimenté l'action à distance sur des sujets hypnotiques, des substances médicamenteuses : voir à ce sujet les travaux des Dr Bourru, Burot, Luys, du professeur Durville et des magnétiseurs de la première moitié de ce siècle.

Je ne donne ici que des exemples isolés, l'étudiant pourra les multiplier à loisir selon les lois des signatures.

La plante cueillie peut être utilisée exotériquement :

En suc.

En poudre.

En décoction.

En infusion (bouillie dans de l'eau) ; plus actif que la décoction.

En magistère.

En teinture (dans l'alcool).

En quintessence.

Voici des indications pratiques sur cette pharmacopée extérieure, extraite des livres de quelques vieux médecins ; on pourra retrouver dans ces livres des manipulations du codex moderne que chacun peut reproduire chez soi.

Car un médicament végétal est toujours plus actif s'il est préparé par une personne robuste et animée du désir de guérir. C'est là un des secrets de la réussite des globules et des dilutions homœpathiques.

J'ai connu dans le quartier Saint-Georges un vieil officier de santé qui guérissait les dyspepsies les plus opiniâtres avec des boulettes de mie de pain ; seulement, il passait tous les jours deux ou trois heures à les pétrir lui-même dans le laboratoire de son pharmacien.

TEINTURES, DÉCOCTIONS, POUDRES, ETC. — Prenons pour exemple l'ellébore, le goudron et la ciguë.

« L'erreur populaire a beaucoup prévalu d'estimer que l'ellébore soit seulement destiné pour la folie, bien qu'il soit aussi pour guérir et prévenir nombre de maux, voire pour conserver et prolonger la vie, si on considère de près son efficace et sa vertu, qu'on tient trop assurées pour renouveler la Nature, rectifier le sang, purger les impuretés dont l'excès, retard et suppression causent plusieurs ennuis au courant de nos jours. L'antiquité l'a heureusement pratiqué, à laquelle nos siècles ont trop dérogé au préjudice du public pour le soulagement duquel l'ellébore doit être rétabli en sa première dignité.

« ..... Pour le choix, il faut prendre l'ellébore noir de Théophraste, le plus singulier et assuré parmi les espèces conformément à l'opinion de ceux qui par longues années ont fait le métier de la médecine : eu égard à ses effets plus doux et favorables que de plusieurs, comme de l'ellébore de Dioscoride, ellébore blanc, elléborine, ou faux ellébore, et autres, nonobstant l'essai qu'on en peut avoir fait, voire même du blanc.

« ... On pourra prêdre la racine de l'ellébore noir, la couper et en farcire une pôme, qu'on l'airra la nuict, matin on fera cuire la pomme lentement, on tirera la racine, on la mettra en poudre, le poix est de demy escu, trois heures avant que manger trois à quâtre fois l'année, principalement en l'automne et printemps.

« Cela est une manifeste précaution par l'evacuation des immondices du corps, dont naissêt les plus facheuses indispositions, on augmentera la dose si on veut.

« On peut cuire les feuilles et la racine d'ellébore dans du pain de seigle pour correctif, mis en poudre, la prise est de trente et quarâte grains, et plus pour les robustes, soit en pilule, avec des oublies, pomme cuite, ou autre façon, deux heures avant le bouillon.

« Toute la plante se peut prendre aussi en poudre, le poix comme dessus, sans aucune préparation, comme on faisait à Rome.

« On peut compter la racine et la cuire avec de la chair, en forme de bouillon, consumé, gelée ou teinture, dont on en baille quelque temps pour purger doucement, aquoy il est licite d'adjouster quelque ingredient si on veut, selon qu'on trouvera bon estre.

« Les uns, pour mieux obtenir la fin de renovation et espurement du sang s'accoutumerôt peu à peu, et insensiblement, à l'usage des feuilles d'ellébore noir ceüillies en bonne saison, séchées à l'ôbre meslees avec égale portion de sucre : c'est un moyen pour vivre un grand âge exempt de plusieurs maladies, tant internes, qu'externes jusques au dernier souspir de la vie.

« La prise du comancement est de 10 à 15 plus à 20 grains ; de façon que de degré en degré on vient jusques à 30 pour tous les jours l'espace de quelque temps, par après on passe à un dragme. Mais ce n'est plus que de six jours en six jours, de ceste manière l'ellébore se rend ordinaire et familier, ainsi perdant sa force purgative n'est plus que renouvellant et rectifiant.

« Il se réduit en baume par l'industrie de l'artisan ; la dose de cette vertu balsamique est de dix grains.

« On en tire une quintessence très excellente qui surpasse tous les precedens préparatifs d'ellébore en artifice et bonté de renouvellant, dont la prise est de cinq à six gouttes avec quelque liqueur propre, côme eau de mélisse, agrimoine, ou quinte-essence de chair.

« De toute la plante bien lavée et arrousée de vin-aigre seyllitie, on fait un syrop pour purger l'humeur noir et ter-restre, ou pour bien parler, en séparer le pur et l'impur, et le nuisible, et pour desraciner les maux qui sont de son train et de sa suite, ce syrop opère avec plus d'assurance et plus bénignement qu'un autre purgatif ; je préfère ce syrop à l'extraict : mais ces deux, sçavoir syrop et extraict, n'ayan un autre effet que la purgation par le bas ne sont pas assez puissants pour rectifier le sang et tenir la santé en un état ferme et stable.

« J'attribue au long usage de ce simple, principale-ment à sa racine, une action merveilleuse pour détacher et délier les cordes des maladies capitales, outre et par-dessus la faculté insigne de rénovation du corps, rectification du sang, ou purgation de la pourriture, laquelle fait souvent déchoir ou périr la santé, c'est pouquoy on le pourrait qua-lifier en quelque façon une seconde Médecine universelle, moyennant les conditions cy dessus deligemment obser-vées. »

GOUDRON. — « Versez quatre pintes d'eau froide sur une de goudron, puis remuez-les et les mêlez intimement avec une cuiller de bois ou un bâton plat, durant l'espace de cinq à dix minutes, après quoi laissez reposer le vaisseau bien exactement fermé, pendant au moins deux fois vingt-quatre heures, afin que le goudron ait le tems de se précipiter. Ensuite vous verserez tout ce qu'il y a de clair, l'ayant auparavant écumé avec soin sans remuer le vaisseau, et en remplirez pour votre usage des bouteilles que vous boucherez exactement, le goudron qui reste n'étant plus d'aucune vertu quoiqu'il puisse encore servir aux usages ordinaires [15]. »

La bonne eau de goudron tient le milieu comme couleur entre le vin blanc de France et celui d'Espagne ; et elle est tout aussi claire [16].

EAU DE GOUDRON POUR L'USAGE EXTERNE. — « Versez deux quarts d'eau bouillante, sur un quart de goudron, remuez et battez bien fort le tout ensemble avec un bâton ou cuiller, durant un bon quart d'heure ; laissez-le reposer pendant dix heures, et puis versez-le et le gardez exactement couvert pour l'usage. On peut faire cette eau plus faible ou plus forte suivant le besoin [17]. »

S'emploie en lotion contre la gravelle, la gale, les ulcères, les écrouelles, la lèpre.

---

15   Monginot. — *Conservation de la santé*, Paris, 1635, in-32, ch. IX.
16   Berkeley. — *Recherches sur les vertus de l'eau de goudron.* Amsterdam, 1745, in-12, pp. 4 et 318 et id. p. 230.
17   Berkeley, *op. cit.*, p. 326.

Cette eau est bonne contre les maladies suivantes : petite vérole, éruption du sang, ulcération des entrailles, inflammations, gangrène, scorbut, érésipèle, asthme, indigestion, gravelle, hydropisie, hystérie.

Le meilleur goudron vient du pitch-pin.

Il faut aux sapins un terrain sec et élevé et le vent du nord.

PRÉPARATION DE L'EXTRAIT DE CIGUË. — Prenez de la ciguë récente (tiges et feuilles) autant que vous voudrez ; exprimez-en le suc, faites-le évaporer à un feu très doux, dans un vase de terre, en le remuant de temps en temps pour l'empêcher de brûler ; faites le cuire jusqu'à consistance d'extrait épais, ajoutez-y une suffisante quantité de poudre de ciguë pour en faire une masse, dont vous formerez des pilules de deux graines...

« Si, au défaut de la ciguë verte, on fait un extrait avec la décoction de la plante sèche, cette préparation a bien moins de vertu que la précédente [18]. »

On doit commencer la médicamentation par très petites doses, que l'on peut augmenter jusqu'à un gros et demi. Aussitôt après l'ingestion, faire prendre du thé, ou du bouillon de veau, ou de l'infusion de fleurs de sureau.

---

18   Ant. Storck, — *Observations nouvelles sur l'usage de la ciguë*, Vienne et Paris, 1762, in-12 p. 2, v.

On peut employer les feuilles de ciguë, sèches et cou-
pées, dans un sachet que l'on trempe quelques minutes
dans l'eau bouillante ; on presse légèrement et on applique
le sachet encore chaud.

Toutes ces préparations sont fondantes, résolutives et
calmantes.

On emploie pour cela la plante appelée *cicuta offici-
narum*, *cicuta major* ou *cicuta vulgaris*, ou *cicuta major
vulgaris* ou *cicutaria major vulgaris* ou *cicuta vera*, ou *conium maculatum, seu conium steminibus sriatis*, Κωνειον et
Κονειον,

Théophraste dit que la meilleure ciguë croît à l'ombre,
dans les terrains froids ; celle de Vienne (Autriche) et des
environs de Soissons est plus active que celle de Paris et
d'Italie.

Hippocrate[19], Galien[20], Mercurialis[21], Astruc[22] et
beaucoup d'autres médecins, tant de l'antiquité que du
Moyen Age et de la renaissance, employaient la ciguë à
l'usage interne comme résolutive des tumeurs, des coliques, des ardeurs de la matrice.

---

19   *De Natura Muliebri*, ed. Linden, t. 11, p. 379.
20   *De simpl. médicam. Facult.*, lib. XIII, p. 22, c. ; *De Temperam,*
lib. III, p. 14, c. ; *De Comp. médic. sec. loc.*, liv. VII, ch. v, b. 184, 4. —
De antidotis, liv. II, ch. XIII, p. 118, 6.
21   *De morb. mulier.*, liv. IV, ch. X.
22   *Traité des maladies des femmes*, t. II, p. 391.

Nos pères employaient beaucoup aussi une quintessence de chélidoine, de mélisse, de valériane, de bétoine,
de safran et d'aloès, comme tonique général.

DÉFENSES CANONIQUES. — Nous savons que, selon l'ancienne médecine, les conditions astrologiques au
moment de la cueillette influaient beaucoup sur la vertu
des simples ; ces conditions seront indiquées dans notre
Dictionnaire. Mais afin que nul n'en ignore, les lecteurs
doivent être avertis que de telles pratiques sont défendues
par l'Église.

On trouve dans les canons tirés des livres pénitenti-
aux de Théodore, archevêque de Cantorbéry, du vénéra-
ble Bède, de Raban, archevêque de Mayence, d'Halitga-
rius, évêque de Cambrai, de la collection publiée par Luc
d'Achery, de celle d'Isaac, évêque de Langres, d'Eybert,
archevêque d'York, du 19ᵉ livre du *Décret* de Burchard,
de la 15ᵉ partie du *Décret* d'Ives, évêque de Chartres, tous
unanimes à condamner celui qui a observé des signes su-
perstitieux pour planter des arbres, etc., à faire pénitence
pendant deux ans aux fêtes légitimes : celui qui aura cueilli
des herbes médicinales avec des paroles d'enchantements,
fera pénitence vingt jours.

J.-F. Bonhomme, visiteur apostolique sous Grégoire
XIII, défend, dans ses *Décrets* (imprimés à Verceil en
1579), que l'on cueille de fougère ou de graine de fougère,

d'autres herbes ni d'autres plantes à certain jour ou à certaine nuit, particulière dans la pensée qu'il serait inutile de les cueillir en un autre temps. « Si quelqu'un se rend coupable de telles superstitions qu'il soit sévèrement puni selon qu'il plaira à l'ordinaire des lieux. »

CUEILLETTE. — Le jour ou la veille de la Saint-Jean est bon pour cueillir toutes sortes d'herbes. En outre, chaque plante a quelques jours dans l'année où sa force est exaltée ; les heures de la nuit sont plus favorables ; on peut cueillir les plantes après les avoir consacrées par des signes et des paroles appropriés à leur signature ; puis on les arrache du sol ou on coupe la partie utile avec un couteau spécial en désignant le but auquel on veut la faire servir.

Les défenses de l'Église, à propos de ces cérémonies, ont leur raison d'être, qui est très secrète et que très peu connaissent ; qu'il nous suffise de dire, à ce propos, qu'au point de vue véritablement mystique, dans le plan divin, tout acte de magie est un acte de révolte et que l'on doit, par suite, s'en abstenir avec soin.

LE TRAITEMENT HERMÉTIQUE des plantes une fois cueillies est tout différent de la manipulation pharmaceutique ordinaire. Il a pour but, non plus de disposer les qualités physiques, les sucs de la plante de la façon la plus profitable, mais de libérer la force vive, l'essence, l'âme ou le *baume* de la plante, comme disaient les anciens hermétistes.

Le baume est l'huile essentielle des végétaux ; ce n'est ni l'huile vulgaire, ni le sel, ni la terre, ni l'eau, mais quelque chose de très subtil, le véhicule du corps astral. Il s'obtient par le feu et non par la fermentation (Bœrhave).

Ce baume est ce que Paracelse appelle un *arcane*, c'est-à-dire une substance fixe, immortelle et en quelque sorte incorporelle, qui change, restaure et conserve les corps ; cette force est enveloppée dans un ciel, ou *teinture*, que l'on obtient en réduisant le végétal de sa matière seconde à sa matière première, ou, comme dit Paracelse, du *cagastrum* à l'*iliastrum*.

A proprement parler, le pouvoir curatif d'un végétal réside dans son esprit ; or, dans l'état naturel, l'activité de l'esprit est entravée et sa lumière obscurcie par le vêtement de matière ; il faut donc détruire ces enveloppes ou, tout au moins, les transmuer en quelque chose de pur et de fixe ; cette transmutation s'opère par une coction pendant laquelle on ajoute une substance capable d'absorber les impuretés. Le choix de ce fondant doit être dicté par cette considération que la saveur d'un végétal indique la faim qui le dévore, c'est-à-dire le type idéal vers lequel il tend : on observera de quelle planète est signée cette saveur, et on commencera la coction avec un sel minéral de même planétarisme.

On obtient par cette coction trois choses : un sel, une première matière et un mercure, c'est-à-dire une eau fixe.

« Nous brûlons des plantes, dit saint Thomas dans son opuscule *de Lapide Philosophico*, dans le fourneau de calcination, ensuite nous convertissons cette chaux en eau, nous la distillons et coagulons ; elle se transforme alors en une pierre douée de vertus plus ou moins grandes suivant les vertus des plantes employées et leur diversité. »

Il y a trois sels ou puissances végétales particulièrement utiles pour la thérapeutique.

Le premier est jupitérien, de bonne odeur et de bon goût ; il est produit intérieurement par une force d'expansion divine, et extérieurement par le Soleil et Vénus. Mais il n'est pas assez fort pour guérir seul ; il est ennemi de la vie venimeuse ignée, il y détermine l'harmonie ou un acheminement vers la douceur.

Le sel de Mars est amer, igné et astringent.

Le sel de Mercure est dynamisateur et détermine des réactions salutaires.

Jupiter et Vénus sont les antidotes de ces deux derniers.

La première matière qu'on extrait ensuite des végétaux est nutritive ; c'est presque toujours une huile où le tempérament du malade puise de la force.

Enfin le mercure de vie est régénérateur et revivifiant ; il ne peut être extrait que des végétaux presque parfaits, à saveur douce, signés du Soleil, de Vénus et de Jupiter. Les végétaux rudes n'attaquent pas la racine de ce mercure ; c'est pourquoi ils n'agissent que dans les quatre éléments, tandis que ce mercure arrive jusqu'au corps astral.

Voici une méthode générale de préparation des plantes ; l'opérateur devra la modifier suivant la qualité élémentaire du végétal.

La plante cueillie, coupée en petits morceaux, est mise à macérer dans de l'eau salée chaude, un jour, dans l'obscurité, après avoir infusé dans l'alcool, au soleil, pendant une semaine. On garde, à part l'alcoolature, l'eau de macération, et le résidu solide, séché et haché même. On prépare deux ballons joints par leur col, et on les lute très soigneusement ; on les entoure d'un triple drap molletonné noir, après y avoir déposé le résidu et les deux liquides, et on met le tout à une chaleur constante de 39° à 40° pendant trois semaines ; il faut arriver à obtenir, quelle que soit la plante, une liqueur un peu épaisse, rouge et fixe ; quoique tous les gaz, les liquides et les solides obtenus possèdent des qualités spéciales.

CURE. — En général, il vaut mieux employer les sels de Mars et de Mercure, comme plus actifs, en les unissant par Vénus et Jupiter, de sorte qu'ils trouvent de quoi éteindre le feu de leur colère ; lorsque cela est accompli, la cure est faite, c'est-à-dire l'harmonie est rétablie ; et il n'y a plus

qu'à donner un peu de soleil pour remettre le tout en mouvement.

Le médecin doit savoir que les bonnes plantes peuvent être gâtées par un mauvais regard, en particulier par
Saturne et Mars, et que les plantes vénéneuses peuvent devenir bénéfiques par le Soleil, Vénus ou Jupiter.

Il doit guérir le semblable par le semblable ; ne pas
donner une plante ♀ pour une maladie de ♄ ; mais administrer une herbe où il ait bonifié artistement l'ire de Mars
par Jupiter et Vénus ; plus une plante est chaude, meilleure elle est, à condition que sa colère ait été transmuée en
amour, car si le venin tombe dans la propriété du Mercure,
la mort arrive bientôt.

Primum Ens Melissæ, d'après Paracelse.

Prenez un demi-litre de carbonate de potasse expo-
sez-le à l'air jusqu'à ce qu'il soit dissous ; filtrez le liquide et
mettez-y autant de feuilles de mélisse que vous pourrez, de
sorte qu'elles soient toutes plongées dans le liquide. Tenez
dans un endroit fermé, chaleur douce pendant 24 heures ;
décantez ; versez sur le liquide pur une couche d'alcool
de un ou deux pouces, laissez-l'y pendant deux jours ou
jusqu'à ce que l'alcool devienne d'un beau vert ; cet alcool
doit être recueilli, car il est bon pour l'usage, et remplacé
par de l'autre alcool jusqu'à ce que toute la matière colo-

rante ait été absorbée ; l'alcool sera alors distillé et évaporé jusqu'à consistance sirupeuse.

Il faut que l'alcool et l'alcali soient très concentrés.

CONTREPOISON. — L'un des contrepoisons les plus actifs contre les venins végétaux est la composition suivante :

On chauffe ensemble du tartre et de l'alcool, à une température modérée, mais constante ; il distille dans la cornue une huile rouge, douée de propriétés particulières. Cette huile remise à la digestion quatre fois de suite donne le contrepoison indiqué.

§ III. — Magie

La Magie étant d'abord un art de pratique, quand on étudie une créature à ce point de vue, c'est de l'individualité, de la personne qu'il faut s'occuper. Toute la magie du règne végétal réside donc dans la connaissance des *esprits* des plantes. Ce sont eux que l'antiquité a connus sous le nom de *dryades*, d'*hamadryades*, de *sylvains*, de *faunes*; ce sont les *Dusii* de Saint-Augustin, les fées du Moyen Age, les *Doire Oigh* des Gallois, les *Grove Maidens* des Irlandais. Paracelse appelle ceux qui habitent les forêts, *sylvestres*, et *nympheæ* ceux des plantes aquatiques.

POUR VOIR LES SYLVAINS. — Après les purifications d'usage, allez de grand matin au bois, et cherchez un endroit où les arbres soient assez touffus, pour vous cacher complètement le ciel. Assoyez-vous alors, tenez vos paupières mi-closes, mais le regard fixe et invoquez mentalement les sylvains, c'est-à-dire les esprits de la forêt, de quelque nom que vous les appeliez ; vous les verrez sûrement apparaître, surtout si vous leur offrez de l'eau, ou du blé, et si vous continuez pendant plusieurs jours. (*II, J, Bjerregard*)

Ces êtres appartiennent à la classe de ceux que l'occultisme nomme élémentals ; ce sont des habitants de l'astral qui aspirent à s'élever jusqu'à la condition humaine ; ils sont doués d'une certaine intelligence instinctive, et ils changent de forme en même temps que l'être matériel auquel ils sont attachés. Ce sont eux que les anciens Rose+Croix utilisaient dans leurs cures miraculeuses, car ce sont des serviteurs et ils obéissent tout naturellement aux ordres de l'homme spirituel.

Leur pouvoir est assez grand sur le plan matériel parce qu'ils habitent la limite de ce plan et du plan astral ; ils peuvent produire des guérisons ou des visions étonnantes ; de même que les élémentals du règne minéral produisent, lorsqu'ils sont bien dirigés, tous les phénomènes alchimiques, et ceux du règne animal, la très grande majorité des manifestations spirites.

MAGIE RELIGIEUSE. — Le symbolisme végétal est
très développé dans les livres sacrés des anciennes reli-
gions ; qu'il nous suffise de rappeler ici l'arbre de la science
du bien et du mal et l'arbre de vie de l'Eden : symboles des
deux méthodes que pouvait suivre Adam pour accomplir
sa mission ; l'arbre des Séphiroth de la Kabbale ; L'Aswatta
ou figuier sacré, symbole de la totale connaissance ; le
Haoma des Mazdéens, par lequel Zoroastre a représenté
le système sanguin et le système nerveux de l'homme et de
l'Univers ; le Zampoun du Thibet ; l'Yggradsil, le Chêne
de Pherécydes et des anciens Celtes.

Tous ces symboles ont plusieurs sens différents ; nous
ne mentionnerons, pour ne pas nous éloigner trop de notre
sujet, que celui qui se rapporte au développement mental.
Toutes les légendes religieuses nous représentent les adep-
tes, acquérant l'omniscience sous un arbre ; seul le Christ,
qui est, entre autres choses, la science même, n'est pas fi-
guré sous ce symbolisme ; la raison en est assez cachée ; elle
tient à la définition même de la créature ou, si l'on préfère,
au double usage qu'elle peut faire de son libre arbitre ; ainsi
le symbolisme religieux complet comporte deux arbres ; la
tradition kabbalistique ou égyptienne seule les indique
parce qu'elle devait être couronnée par la descente du Fils
de Dieu ; les autres traditions étant l'héritage de races en
voie de désagrégation, ne donnent au dehors que l'Arbre
de la science.

Ce dernier, dans les initiations naturalistes, n'est autre que l'image de l'homme intérieur ; son tronc c'est la moelle épinière, ses branches sont les 72000 nerfs connus des Yoguis hindous, il a sept fleurs, qui sont les 7 centres du corps astral ; ses feuilles sont le double appareil respiratoire que cachent les poumons ; ses racines le pôle génital et les jambes ; sa sève est l'électricité cosmique qui court dans les nerfs et qui se spécifie depuis l'éther cérébral jusqu'à la terre spermatique.

Le mot *Yoga* est le synonyme sanscrit du mot religion ; tous les deux signifient le lien qui unit l'homme à l'Univers et à Dieu ; son processus est le même que celui par lequel une graine emprunte à un terreau noir et informe les molécules dont elle va former une fleur odoriférante. Selon l'idéal de celui qui la pratique, la *Yoga* transmue les molécules impures du corps physique en molécules fixes et inaltérables, les passions basses en pur enthousiasme, l'ignorance intellectuelle en lumière de vérité. Telle est la raison pour laquelle les maîtres de la *Yoga* sont représentés assis sous un arbre sacré.

MAGIE NATURELLE. — Les diverses traditions enseignent plusieurs utilisations des forces végétales occultes. La plante peut être employée selon son individualité entière ou dans l'une de ses parties.

A la première méthode se rapporte cette sorte de pacte très en usage parmi les indigènes de l'Amérique Centrale, de la Nouvelle-Guinée, de la Nouvelle-Zélande, de l'inde et de l'Allemagne, par lequel on lie le sort d'un enfant qui vient de naître à celui de tel ou tel arbre. Entre ces deux créatures se développe ainsi un rapport très étroit ; l'enfant profite de la vigueur de l'arbre, mais si ce dernier reçoit des blessures, l'enfant souffre et dépérit.

ARBRES HANTÉS. — Il n'y a pas de village aux Indes qui n'ait son arbre hanté au génie duquel un culte est rendu par les individus des basses classes.

Les traditions hellènes disaient de même que chaque forêt a son génie, et chaque arbre sa nymphe.

Il n'est pas rare de voir, sur les Nilgiris, un gros arbre historié de figures tracées avec du vermillon, et ayant à sa base trois pierres peintes en rouge, de tels arbres sont des lieux de sacrifice et d'adoration, des restes d'animaux, des nattes de cheveux offertes par des malades ou des possédés [23]. Les esprits gardiens de tels arbres sont appelés *Mounispourams* par les indigènes ; ils sont en général bénéfiques, mais leur pouvoir est restreint à un seul objet.

Les indigènes consacrent souvent un de leurs enfants à de tels génies, pour une période de sept ans ou plus, à

---

23   La plique polonaise se guérit en particulier de cette façon.

l'expiration de laquelle un grand sacrifice est offert, et les cheveux de l'enfant suspendus à l'arbre.

De tels arbres appartiennent surtout à la famille des *Ilex ;* quelquefois le *Cinname sauvage* et l'*Eugénia* sont dans le même cas (*Theosophist*, novemb. 1894).

PHILTRES. — On peut désigner sous le nom de philtres toutes sortes de breuvages dans la composition desquels entrent des substances préparées magiquement en vue de l'obtention occulte d'un résultat déterminé. Les trois règnes de la nature fournissent de nombreux matériaux pour ces préparations ; nous ne nous occuperons que des substances fournies par le règne végétal.

Les pommades, électuaires, onguents, collyres ou breuvages magiques ressortent presque tous du domaine de la magie noire. Leur nombre est très grand et peut être augmenté indéfiniment par un esprit ingénieux. C'est ainsi que les prêtres taoïstes chinois n'emploient pour tous les usages de la médecine, de la psychologie et de la magie que treize substances végétales, animales et minérales ; mais ils savent en extraire une grande quantité de combinaisons.

Ces préparations peuvent être employées sur soi-même ou sur les autres : elles agissent toutes sur le corps astral, sur l'un de ses trois grands foyers, l'instinctif, le passionnel et le mental.

Dans le premier cas, elles produisent la santé, la maladie et tous les phénomènes physiologiques possibles. Dans le second, elles produisent l'amour, la haine et les autres passions. Dans le troisième, elles produisent des phénomènes de somnambulisme, de clairvoyance, de clairaudience ou d'ordre même encore plus relevé.

Le Folk-Lore, les histoires de sabbats, les racontars que chacun a pu entendre d'empoisonnements et d'assassinats à distance, de bêtes ou de gens, s'expliquent par l'action de ces substances magiques agissant sur le centre instinctif ; — il en est de même pour les récits de philtres d'amour ; mais l'emploi des plantes pour provoquer des phénomènes psychiques est moins connu ; cet art est pratiqué actuellement encore en Orient, dans la plupart des couvents bouddhistes, chez les taoïstes chinois, les lamas thibétains, les tantriks du Bhoutan, les shamanes du Turkestan et certaines confréries de derviches musulmans ; sans compter l'emploi machinal qu'en font presque toutes les tribus sauvages des divers continents.

Le haschich et l'opium sont deux des plus connues parmi les substances végétales à action mentale ; mais personne, en Occident, n'en connaît le maniement scientifique, à moins d'avoir été s'y faire initier dans l'Extrême-Orient. Les récits de Quincey ou de Baudelaire, quel que soit d'ailleurs leur mérite d'art et de sincérité, ne donnent aucune ouverture sur les possibilités de tels adjuvants.

Tout ce que nous pouvons dire, c'est que l'emploi de ces drogues ne peut amener à l'extase intellectuelle que si le sujet a su, au préalable, sans excitant et par la seule force de la volonté, maîtriser ses forces mentales et devenir capable de gouverner l'association des idées ; et ce n'est pas là une besogne facile. — Sinon, si un haschichéen ne s'est pas fixé l'entendement, il part à l'aventure, dans une barque sans gouvernail, sur un océan autrement terrible que la mer des Indes avec ses cyclones ; et il peut en revenir, avec la folie comme compagnon, ou même n'en pas revenir du tout.

Ragon, le grand interprète moderne de la Maçonnerie, a donné dans un de ses ouvrages, l'exposé d'expériences nouvelles : il prenait des disques de différentes couleurs ; il les enduisait du suc de diverses plantes et il les faisait contempler à des sujets magnétiques ; voici les résultats de ces expériences.

1. Violet. Hydrociamus niger
   Atrop-bellad.
   Datura Stramonium
   Hashisch
   Strychnine colubr.

Mouvement continuel des bras et des jambes ; désir de toucher à quelque chose ou de marcher sur des objets quelconques ; cris, aboiements. Envie de mordre ou de donner des coups de couteau ; Ivresse ; apparitions de bonheurs ; réalisation de tous les désirs.

2. Indigo. Piper nigr.
   Veratr. Sabad.

Excitation fébrile ; faiblesse des jambes. Le sujet se met à genoux et veut faire sa prière, dont il ne peut se rappeler un seul mot. Perte de la vue. Tremblement des paupières ; occlusion des yeux ; sommeil profond. Eveil en versant de l'eau.

3. Bleu. Pip. cub.
   Laur. camphr.
   Ass. fœtida.
   Con. macul.

Excitation générale, mouvement convulsif ; envie de dormir ; perte de tout raisonnement ; somnolence, abattement.

4. Vert. Pseu. angust.
   Lact. Vir.
   Atr. mand.

Larmes abondantes ; il joue avec ses mains comme un enfant ; envie de courir ; il prétend marcher plus vite qu'un cheval. Tressaillement généreux des muscles. Il fait ses adieux comme à la mort ; engourdissement ; léthargie.

5. Jaune. Strychn. n. Vom.
   Opium.
   Strych. Igna.
   L. Sativ.
   Veratr. alb.
   Asper-offic.

Balancement de la tête, engourdissement, sommeil ; en lui ouvrant les yeux, le disque le met en fureur. Rêves voluptueux, frissons, pâleur extrême ; abattement, nouveau sommeil, état zoomagnétique. Aucun souvenir.

6. Orangé. Sel. d'op.
   Valer. off.
   Nicoti. tab.
   Conyul. jal.

Grandes joies ; engourdissement des membres, sommeil ; en lui ouvrant les yeux, le disque lui donne envie de rire, interrompue par une souffrance morale, inexplicable. Pleurs, lucidité.

7. Rouge. Prunel. Vulg.	Peur, crainte de personnes ca-
Lavand. stœn.	chées. Cris aigus — 2h. ½ à 4 ou 5
Lavand. ver.	heures. Rétablissement long.
Digit. purp.	

Mais nous ne conseillerons à personne de les répéter ; leur résultat le plus clair est de détraquer le système nerveux des malheureux sujets, sous le fallacieux prétexte d'une utilité scientifique immédiate. Nous réprouvons également toutes les pratiques de la magie naturelle et psychique, sauf dans les cas de thérapeutique. La satisfaction d'un amour ou d'une haine, l'acquisition vaine d'une connaissance intellectuelle ne sont pas des choses assez importantes pour empêcher le libre-arbitre de s'exercer et les lois de l'Univers de se développer normalement. Une seule chose est nécessaire : aimer Dieu et son prochain ; tout le reste est vain et périssable.

ONGUENT DES SORCIERS. — Voici quelques renseignements que nous extrayons, à titre de curiosité, d'un livre très peu connu que nous avons eu la bonne fortune de consulter dans la bibliothèque de notre cher et regretté maître, Stanislas de Guaita.

« Entre tous les simples desquels le Diable se sert pour troubler les sens de ses esclaves, les suivans semblêt tenir le premier rang, desquels aulcuns ont vertu d'êdormir profondémêt, les aultres légèremêt ou point, mais qui troublêt et trôpêt les sens, par diverses figures et représentations, tât en veillant qu'en dormant, comme pourroit faire *la racine de Belladonne, Morelle furieuse, sang de chauve-souris, d'Huppe, l'Aconit, la Berle, la Morelle endormâte, l'Ache, la Suye, le Pêtaphyllon, l'Acorû vulgaire, le Persil, feuilles de Peuplier, l'Opium, l'Hyosciame, Cyguë, les Espèces du Pavot, l'Hyuroye, le Synochytides,* qui fôt voir les Ombres des Enfers, c.-à-d. les mauvais Esprits ; comme au contraire l'Anachitides fait apparcoir les ymages des Saincts Anges [24]. »

Nynauld reconnaît, dans la pharmacopée des diaboliques, trois sortes d'onguent. La première, qui donne seulement des songes, se compose de graisse, d'Ache, d'Aconit, de Pentaphyllon, de Morelle et de Suie.

Par la vertu des onguents de la seconde espèce, « le Diable persuade aux sorcières, aprez s'en estre oingtes, pouvoir, en mettant un balai ou bâton entre les jambes, chevaulcher en l'Air, et aller en leurs Synagogues d'une vitesse incredible, en passât par la cheminée... Il faut remarquer qu'en la composition de cest onguent, il n'entre point de simples narcotiques : mais seulemêt qui ont vertu de troubler les sens en les aliénant, par exemple le *vin pris démesurémêt, la cervelle de chat, la Rella-dône,* et

---

24   NYNAULD, *Lycanthropie*, ch. II.

autres choses je tairay, de peur de donner occasion aux meschants de faire du mal[25] ».

Le troisième onguent est donné par le diable aux sorcières, « leur persuadant qu'aprez qu'elles s'en seront oinctes, elles seront vraiment transformées en bestes, et ainsy pourrôt courir les champs ». Il entre dans cette composition des parties du corps d'un crapaud, d'un serpent, d'un hérisson, d'un renard, du sang humain, certaines herbes et racines, dont Nynauld n'indique point la dose[26].

Le conseiller d'Eckartshausen, qui vivait à la fin du XVIIIe siècle[27], donne la formule suivante pour avoir des apparitions : boulettes composées de ciguë, de jusquiame, de safran, d'aloès, d'opium, de Mandragore, de pavot, d'Assafœtida et de persil ; desséchées et brûlées.

Contre les mauvais esprits, il indique le soufre, l'Assafœtida, le Castoreum, l'Hypericum et le Vinaigre.

Nynauld, déjà cité, indique au chapitre VII de son livre les formules de parfums suivantes :

Pour voir des choses étranges : racine de bruyère, suc de ciguë, de jusquiame et semence de pavot noir.

---

25 J'imiterai la réserve prudente du Dr de Nynauld, en ne disant point les quantités de composition maléfique, ni la cuisine de leur préparation.

26 *Ibid.*, ch. III.

27 *Aufschlüsse zur Magie.*

Pour voir des choses futures : semences de lin et de psellium, racines de violette et d'ache.

Pour chasser des mauvais esprits : calament, pivoine, menthe et palma christi.

Si on brûle fiel de sèche, thymiame, rose, bois d'aloès, et que l'on y jette de l'eau, la maison semblera pleine d'eau ; ou de sang si l'on y jette du sang ; si on y met de la terre, le sol tremblera.

§ IV. — *Agronomie*

CULTURE DES PLANTES. — Il y a une agriculture magique dont les préceptes et le *modus operandi* sont également perdus. Le fondement de cet art consiste à semer la graine dans la matrice exacte qui lui est complémentaire. De même que, dans le régime de la mystique, l'homme qui a retrouvé son type céleste, devient par le fait puissant en œuvres et en paroles, la semence jetée dans sa terre propre, atteint sa perfection générique.

Les semailles se font sous les auspices de *Saturne ;* les Gaulois appelaient *sat*, la semence, et *satur* le semeur ; semer c'est mettre quelque chose dans l'obscurité, dans la profondeur et dans l'isolement.

Les ténèbres provoquent la lumière, et la masse informe des cotylédons putréfiés appelle la fleur radieuse ou l'arbre majestueux.

Voyons ce qui arrive pour la grande majorité des ensemencements, je veux dire lorsque la terre n'est pas correspondante en tout au germe qu'on lui confie.

Nous avons vu que le développement souterrain de ce dernier s'opère aux dépens du *Sel*, du *Soufre* et du *Mercure* de la terre ; le soleil est là comme dispensateur universel de la vie ; mais ses rayons vitaux invisibles ne sont assimilables pour une graine que s'ils lui apparaissent qualifiés en correspondance complémentaire avec elle-même. Si donc la terre où gît la graine ne satisfait pas à ces conditions, l'*Ens* du germe étend des radicelles, épuise ses forces à chercher autour de lui ce dont il a besoin ; alors la racine croît sèche et noueuse, de même que la tige : le *Sel*, le *Soufre* et le *Mercure* se consument eux-mêmes et consument sans résultat la vie solaire qui leur parvient sous une qualité non assimilable pour eux.

L'art peut remédier à cet inconvénient fondamental, de deux façons : en choisissant avec soin la terre propre au germe qui va la féconder, ou, si la plante a déjà germé, en lui donnant un stimulant vital.

Dans le premier cas, il faut connaître à fond soit la proportion dans laquelle le *Sel*, le *Soufre* et le *Mercure* participent à la composition de la terre et de la graine, soit la composition chimique de l'un et de l'autre.

Dans le second cas, il se produit, au cours de la préparation de la pierre, en particulier par la voie sèche, diverses liqueurs de dépôt qui remplissent très convenablement l'office de médecine pour les plantes chétives.

Nous en parlerons tout à l'heure[28].

En outre des relations de la plante avec le sol qui la nourrit physiquement, il faut lui choisir sa société ; certaines plantes prospèrent, vivant à côté de certaines autres, et dépérissent si leurs voisines leur déplaisent ; c'est ici une question de signature comme on pourra s'en convaincre par les exemples suivants et bien plus encore, par l'expérience journalière.

L'olivier est ami de la vigne et s'éloigne du chou.

La renoncule est amie du nénuphar.

La rue est amie du figuier, etc.

Enfin, les agents extérieurs, et en particulier la lumière ont aussi leur influence sur la vie végétale. Le rayon bleu du spectre active la végétation, et le rayon jaune la retarde. Camille Flammarion a fait sur ce point des expériences concluantes.

---

28   Voyez au paragraphe suivant l'alinéa consacré à l'*Accroissement des plantes*.

CUEILLETTE DES PLANTES. — La doctrine astrologique enseigne que les plantes doivent se cueillir à certaines heures planétaires, ou mieux au moment des conjonctions des planètes favorables dont elles sont signées, et lorsque les astres maléfiques sont en exil. Le *Vocabulaire* indiquera les différents cas qui peuvent se présenter.

§ V. — *Croissance magique des Plantes*

Le Dr Carl du Prel[29] cita le passage suivant où Simon le Mage s'exprime ainsi[30] : « A mon geste, la terre se couvre de végétations, et des arbres s'en élèvent...

Je puis faire pousser de la barbe aux éphèbes... Plus d'une fois, j'ai, en un instant, fait sortir des arbustes de terre. »

Christophe Langhans raconte, dans la relation de ses voyages[31], le fait suivant : « Un fakir demanda une pomme de *Sina* : il l'ouvrit, en retira un pépin et l'enfouit dans la terre en ayant humecté un peu celle-ci au préalable ; il recouvrit l'endroit d'un petit panier, mit dans sa bouche une poignée de tabac et collant un fil ciré sous sa lèvre, il effila le tabac visqueux de sa bouche sur ce fil, en recom-

---

29   *Forciertes Pflanzenwachstum.* Sphinx, mars 89.
30   Gorres, *La mystique chrétienne*, III, p. 108.
31   *Neue ostindische Reise*, 1705.

mençant lorsque le fil fut enduit une première fois. Il leva ensuite le panier et nous montra qu'une plante était sortie de terre pendant l'espace d'une ½ heure. Il recouvrit bientôt la plante, fit quelques cabrioles, puis il enleva le panier au fond duquel la plante touchait alors, elle portait des fleurs odorantes ; ses camarades firent encore quelques contorsions à la suite desquelles on aperçut des fruits sur l'arbre. Pour les faire mûrir, il recommença à enduire son fil de tabac, et, un quart d'heure après, il nous présentait cinq pommes très belles et mûres ; j'en goûtai, je les trouvai semblables aux fruits naturels ; le commissaire garda l'une d'elles ; mais le jongleur déracina l'arbre lui-même et le mit dans l'eau. »

Voici encore un témoignage d'un voyageur moderne :

« Sur la véranda de l'un des premiers hôtels de la grande rue, mon regard fut attiré par les mouvements d'un groupe de jongleurs qui se concertaient, accroupis sur le sol. Tout leur habillement consistait dans l'habituelle bande de calicot passée autour des reins, de sorte qu'ils ne pouvaient en retirer aucun secours pour leurs exercices. Ces gens étaient les plus adroits que j'aie jamais vus...

« L'un d'entre eux posa une noix sur la pierre, la recouvrit de deux morceaux d'étoffe, qu'il souleva plusieurs fois, pour éloigner de notre esprit l'idée de supercherie.

« La noix s'ouvrit d'abord, se développa peu à peu, jusqu'à ce que, dans l'espace d'environ 10 minutes, elle devint un véritable petit arbuste, avec des feuilles et des racines [32]. »

Des faits semblables ont été observés en Europe. En 1715, un médecin nommé Agricola accomplit les expériences suivantes à Ratisbonne en présence du comte de Wratislaus :

1° Il fit sortir de citrons 12 citronniers avec racines, branches, fruits.

2° En même temps, il fit la même chose pour des pommes, des pêches et des abricots, qu'il fit croître jusqu'à la hauteur de quatre et cinq pieds.

3° Pour écouler le reste de l'heure consacrée à ces expériences, il porta 15 amandes à l'état de plants, qui continuèrent par la suite leur développement normal [33].

Enfin terminons ces récits merveilleux par un dernier plus merveilleux encore, où le phénomène est produit par un fantôme [34] ; c'est toujours au travail du Dr du Prel que nous empruntons les détails ; le célèbre savant les a entendus confirmer par un témoin oculaire.

Dans un cercle spirite, un médium anglais nommé miss d'Espérance, obtenait la matérialisation d'un esprit qui se faisait appeler Yolande. — Pendant une de ses matériali-

---

32   J. Hingston, *The Australian Abroad*, London, 1880.

33   Francus de Frankenau, *De Palingenesia*, p. 140.

34   *Herald of Progress*, sept 1880. — Hellenbach, *Magie der Zahlen*, p. 155.

sations, le fantôme demanda une bouteille, de l'eau et du sable : et mit le tout dans la bouteille qu'il déposa sur le sol, en décrivant autour d'elle quelques passes circulaires ; des graines d'*Ixora crocata* et d'*Anthurium Schezerianum* il recouvrit l'appareil d'un morceau d'étoffe blanche, et se retira dans le cabinet noir d'où il apparaissait. Instantanément nous aperçûmes le linge se soulever dans la bouteille ; et Yolande nous montra une plante avec des feuilles vertes, des racines et des bourgeons ; la bouteille fut remise par terre, et le fantôme rentra dans le cabinet noir ; quatre ou cinq minutes s'écoulèrent au bout desquelles toute l'assistance, qui ne comprenait pas moins de vingt personnes, put examiner à son aise les deux petites plantes hautes de 6 pouces et garnies de fleurs fraîches et brillantes. On verra des récits semblables dans les écrits de Tavernier (*Voyage en Turquie*) et de du Potet (*Journal du Magnétisme*, XVI, 146), de Gouguenot des Mousseaux (*Les hauts phénomènes de la magie*, p. 230), de Gorres (III, 554).

Les expériences bien connues de Louis Jacolliot[35], dont les œuvres son répandues partout, confirment encore ces récits plus anciens.

Les philosophes avancés ne sont pas, en théorie, adversaires de telles expériences.

---

35   *Le Spiritisme dans le monde*, pp. 309 à 314.

« Nous savons, dit Edouard von Hartmann, que les fonctions physiologiques de la vie végétale peuvent être puissamment excitées par des rayons lumineux vifs, soit par l'électricité ou des adjuvants chimiques ; que même chez l'homme, un enfant de quatre ans peut atteindre le développement d'un sujet de trente ans, et que certaines graines, qui croissent naturellement vite, peuvent être artificiellement accélérées dans leur maturation. D'après cela, il est permis de penser que la force médiumistique peut opérer d'une façon analogue[36]. »

Le Dr du Prel, à qui nous avons emprunté toutes ces citations, construit de la façon suivante une théorie fort intéressante.

La vie organique de l'homme de même que sa vie intellectuelle offrent l'exemple de l'action d'une puissance accélérante analogue à celle que nous voyous agir sur les plantes. Notre auteur rappelle la mention qu'il a faite dans un autre ouvrage[37] de l'altération du temps dans certains phénomènes de rêve, pendant lesquels des tableaux passent devant nos yeux dont le défilé dure, semble-t-il, des heures, et qui en réalité durent au plus quelques secondes.

---

36   *Der Spiritismus*, 53, Note.
37   *La Philosophie de la Mystique*. Voir aussià ce sujet *Les Rêves et les moyens de les diriger ;* à signaler aussi la réminiscence de toute la vie pour le noyé au moment où il meurt.

L'Homme, dans le sein maternel, parcourt en neuf mois un procès biologique qui, dans la nature extérieure, dure des millions d'années[38]. Pourquoi serait-il impossible à une volonté exercée de construire autour d'un *ens* végétal ou animal, ou même minéral, une matière invisible qui fournirait à cet *ens* des aliments de beaucoup plus dynamiques, c'est-à-dire plus spirituels ? c'est ce que fait le fakir ; ainsi que le dit le Dr Papus, dans son traité de *Magie pratique*, c'est avec sa vie qu'il développe la graine sur laquelle il impose les mains. Son âme est concentrée en un certain foyer de son corps astral appelé en sanskrit, le *Swadishtana Tchakra* et ce sont les forces de la vie végétative qui nourrissent et développent le phénomène.

Au lieu d'emprunter les matériaux de ses aliments invisibles à un organisme humain, on peut les emprunter à la Nature et c'est ce qui constitue le procédé alchimique dont voici deux formules :

— Prenez une once de *Mars* et une once de *Vénus* ouverte ; faites digérer à 75 degrés dans un ballon de verre épais ; il se dépose un *caput mortuum* vert ou rouge et une liqueur dissolvante verdâtre. Distillez jusqu'à siccité, cohobez cinq ou six fois de façon que rien ne reste dans la cornue ; l'évaporation donne un sel fixe et rouge. Si l'on fait infuser des graines dans une eau où l'on a mis un peu

---

38   Cf *Anthropogénie*. Hacckel.

de ce sel, ces graines croissent plus rapidement ; les feuilles qu'elles poussent ont des reflets dorés et les fruits en sont meilleurs.

OR POTABLE. — Voici l'une des nombreuses formules propres à composer cette liqueur :

Chauffez à 400 degrés du magistère de soufre ; d'abord gélatineuse, la masse fond à nouveau, distille et laisse un résidu. On recueille ce résidu et on le mélange intimement à un sel qui puisse le fixer ; on distille le mélange à un fort feu, on tamise le *caput mortuum* et ainsi de suite jusqu'à ce que la distillation ne donne plus qu'une eau insipide.

Traitée avec l'alcool pur (comme le sel de tartre, voyez *Contrepoison*), on obtient une huile et une eau qu'il faut décanter. Cette eau dissout le sel d'or ; lorsqu'elle est saturée de métal, elle est bonne pour arroser les ceps malades, les arbres fruitiers rabougris, etc.

§ VI. — *La Palingénésie*

On s'occupe un peu, actuellement, des problèmes mystérieux de la biologie des trois règnes inférieurs de la Nature ; les plus intuitifs de nos contemporains sentent qu'il y a autre chose derrière la chimie, derrière la botanique et derrière la zoologie officielles. Ce quelque chose, les grands initiés de tout temps l'ont connu, et ils en ont même laissé transpirer quelques reflets dans le monde. Si l'Alchimie est célèbre dans l'histoire du développement scientifique de notre Occident, la Botanique occulte est beaucoup moins connue et la Zoologie occulte ne l'est pas du tout. Elles existent pourtant toutes trois, comme les développements successifs d'une seule notion : la vie terrestre.

Pour chacun des trois règnes de cette Vie, on peut reconstituer l'Art et la Science qui lui étaient consacrés dans les anciens Temples de la Sagesse ; mais ce n'est pas ici le lieu de construire des hypothèses séduisantes, nous ne rechercherons de ces synthèses disparues que les stricts matériaux nécessaires à construire la théorie de notre sujet.

Entre le monde matériel et le monde spirituel il y a quelque chose d'intermédiaire qui est le monde astral ; ce monde astral qui se répète à travers les trois règnes de la Nature, s'appelle, selon Paracelse, le *Leffas* pour les végétaux, et combiné avec leur force vitale, il en constitue l'*Ens primum*, qui possède les plus hautes vertus curatives ; c'est lui qui est le sujet de la Palingénésie.

On le voit, cet art est triple, il consiste à faire revivre l'âme, c'est-à-dire simplement le fantôme de la plante ; — ou bien à faire revivre le corps et l'âme de la plante ; ou enfin, à la créer avec des matériaux empruntés au règne minéral. — Nous allons donner quelques recettes palingénésiques qui se réfèrent toutes au premier travail ; jamais rien n'a été écrit sur la résurrection et la création physiques des plantes.

« Un certain Polonois, sçavoit renfermer les phantosmes des plantes dedans des phioles ; de sorte que, toutes les fois que bon luy sembloit, il faisoit paroistre une plante dans une phiole vide. Chaque vaisseau contenoit sa plante : au fond, paroissoit un peu de terre, comme cendres. Il étoit scellé du sceau d'Hermez. Quand il vouloit l'exposer en vue, il chauffoit doucement le bas du vaisseau. La chaleur pénétrant faisoit sortir, du sein de la matière, une tige, des branches ; puis des feuilles et des fleurs, selon la nature de la plante dont il avoit enfermé l'âme. Le tout paroissoit aussy long temps aux yeux des regardans que la chaleur excitante duroit [39]. »

« C'est invariablement sur le patron morphique de la plante, sur son *corps sidéral* ou potentiel, — substratum de la matière visible (réduite elle-même à l'état de *caput mortuum*), — que le fantôme végétal se dessine, en objectivation éphémère dans le premier cas ; et que, dans l'autre, il préside, en mode végétatif, au groupement moléculaire de la glace naissante.

« On trouve dans le *Grand Livre de la nature*, publié au dernier siècle par les soins d'un chapitre de Rose+Croix,

---

39   Guy de La Brosse, *De la nature, vertu et utilité des plantes*, etc. 1664, in-f° ; cit. p. Guaita. — *Clé de la Magie noire.*

toutes les phases de l'opération spagyrique, requise pour obtenir le *phénix végétal*. C'est le vase préparé pour l'épreuve de la palingénésie, que l'auteur désigne par cette métaphore. Quant aux manipulations essentielles, c'est sous réserves que nous en relèverons l'ordonnance, en tâchant à résumer le détail des minutieuses prescriptions formulées de la page 15 à la page 19...

1° Il faut piler avec soin quatre livres des graines bien mûres de la plante dont on veut dégager l'*âme*, puis conserver cette pâte au fond d'un vaisseau bien transparent et bien net.

2° Un soir que l'atmosphère sera pure et le ciel serein, on exposera le produit à l'humidité nocturne, afin qu'il s'imprègne de la vertu vivifiante qui est dans la rosée.

3° et 4° L'on aura soin de recueillir et de filtrer huit pintes de cette rosée, mais avant le lever du soleil, qui en aspirerait la partie la plus précieuse, laquelle est extrêmement volatile ;

5 ° Puis on distillera la liqueur filtrée : du résidu ou des *fèces*, il faut savoir extraire un sel « bien curieux et fort agréable à voir ».

6° On arrosera les graines avec le produit de la distillation que l'on aura saturé du sel en question. Ensuite on enterrera, dans le fumier de cheval, le vaisseau hermétiquement scellé au préalable avec du borax et du verre pilé.

7° Au bout d'un mois, « la graine sera devenue comme de la gelée ; l'esprit sera comme une peau de diverses couleurs qui surnagera au-dessus de toute la matière. Entre la peau et la substance limoneuse du fond, on remarque une espèce de rosée verdâtre qui représente une moisson [40] ».

8° A ce point de fermentation, le mélange doit être exposé, dans son bocal exactement clos, de jour à l'ardeur du soleil, de nuit à l'irradiation lunaire. Par les périodes pluvieuses, on remet le vaisseau en lieu sec et tempéré jusqu'au retour du beau temps. — Il faut plusieurs mois, souvent une année, pour que l'opération soit parfaite. Voit-on, d'une part, la matière se boursoufler et doubler de volume ; de l'autre, la pellicule disparaître ? C'est signe certain de réussite.

9° La matière, à son dernier stade d'élaboration, doit apparaître pulvérulente et de couleur bleue.

« ... C'est de cette poussière, que s'élèvent le tronc, les branches et les feuilles de la plante, lorsqu'on expose le vaisseau à une douce chaleur. Voilà comment se fait le Phœnix végétal.

« La palingénésie des végétaux ne seroit qu'un objet d'amusement, si cette opération n'en faisoit entrevoir de plus grandes et de plus utiles. La Chymie peut, par son

---

40   *Le Grand Livre de la Nature* ou *L'Apocalypse philosophique et hermétique*, etc., vu par une Société de Ph... Inc..., et publié par D... — Au Midi, et de l'Imprimerie de la Vérité (1790), in-8. Pages 17-18.

art, faire revivre d'autres corps ; elle en détruit par le feu, et leur rend ensuite leur première forme. La transmutation des métaux, la pierre philosophale sont une suite de la palingénésie métallique.

« On fait sur les animaux ce qu'on fait sur les plantes ; mais telle est la force de mes engagements, que je ne peux pas m'expliquer ouvertement[41]...

« Le degré le plus merveilleux de la palingénésie, est l'art de pratiquer sur les restes des animaux.

« Quel enchantement de jouir du plaisir de perpétuer l'ombre d'un ami, lorsqu'il n'est plus. *Artémise* avala les cendres de *Mausole* : elle ignorait, hélas, le secret de tromper sa douleur[42]. »

« Conçoit-on la valeur de cette indication rapide ? L'homogénéité de la Nature universelle autorise l'homme à inférer par analogie : et s'il a raisonné juste, l'expérience confirme toujours ses inductions. Or, ce qui a lieu dans le règne végétal doit parallèlement se produire dans les règnes inférieur et supérieur à lui : c'est justifier, dans l'un, la transmutation des métaux ; dans l'autre, la reviviscence posthume des formes abolies. »

---

41   Cette étude (dit plus loin l'auteur) est celle des Ph... Inc... (Philosophes inconnus). C'est d'eux que je tiens les vérités que je consigne en cet ouvrage » (Page 22).

42   *Le Grand Livre de la Nature*, pages 18-19.

Malgré tout l'enthousiasme que peuvent exciter de si hautes perspectives, disons tout de suite que la pratique de la palingénésie n'est pas exempte de tout défaut au point de vue moral, et qu'elle fait payer tôt ou tard, très cher, ses faveurs à ses disciples.

§ VII. — LA PALINGÉNÉSIE
HISTORIQUE ET PRATIQUE
par Karl Kiesewetter

Nous inspirant de l'exemple que nous donne M. le D[r] Du Prel dans ses articles sur l'accélération de la végétation des plantes et le Phénix des plantes[43], nous croyons qu'il ne sera pas sans intérêt pour nos lecteurs d'avoir un aperçu aussi bien de l'historique des théories et des expériences faites en palingénésie, que des pratiques mises en œuvre. Ils seront alors à même, par des expériences personnelles, assez grosses de détails, il est vrai, mais nullement coûteuses, ils seront à même, disons-nous, de pouvoir se rendre compte de la valeur ou de la non-valeur de l'objet qui nous occupe. Je suis d'autant plus en état de les renseigner à cet égard que, depuis nombre d'années déjà, il m'a été donné de pouvoir recueillir sur cette question des instructions pour

---

43   Extrait de l'*Initiation*, Avril 1896.

la plupart d'ailleurs difficiles à découvrir et inédites, et que, d'autre part, j'ai pris soin d'éliminer tout ce que l'époque antérieure confondait avec la palingénésie, par exemple les phénomènes de la *generatio alquivoqua*, des précipités métalliques arborescents et de la cristallisation, toutes choses au nombre desquelles on peut ranger la palingénésie des orties dans la lessive congelée de leur sel, dont fait mention Joseph Duchesne (de son nom latin Quercetanus, 1546-1606), médecin de Henri IV de France[44].

Nous distinguerons deux sortes de palingénésie. 1° La palingénésie des ombres, qui a pour objet la production du corps astral, végétal ou animal ; et 2° la palingénésie des corps, qui implique l'accélération de la végétation des plantes (végétation forcée) et en même temps vise à reconstituer les corps organisés détruits. Dans ses dernières conséquences, celle-ci pénètre dans le domaine de l'*Homunculus*, cette évocation chimique de l'être humain, point où viennent en contact les extrêmes de la mystique et du matérialisme.

Ovide parle déjà par avance en termes exacts de la végétation forcée lorsqu'il dit de sa Médée[45].

---

44   Voyez le volume VII du *Sphinx*, particulièrement le fascicule d'avril 1889.

45   Voyez le *Sphinx*, VII, 40, p. 197. Bien plus, on allait jusqu'à voir dans les cristaux de glace des vitres couvertes de givre la palingénésie des plantes que l'on avait brûlées pour en extraire la potasse. Comparez Eckartshausen, *Éclaircissements sur la magie*, II,

« De toutes ces substances et de mille autres qu'il est impossible de nommer, elle compose le philtre destiné au vieillard moribond ; puis, avec une branche d'olivier depuis longtemps desséchée et sans feuillage, elle les mêle et les remue du fond à la surface. Mais voici que la vieille branche agitée dans l'airain bouillant commence à reverdir, bientôt elle se couvre de suc. Partout même où le feu fait jaillir l'écume hors du vase et tomber sur la terre des gouttes brûlantes, on voit naître le gazon printanier et les fleurs écloses au milieu de gras pâturages. »

Les alchimistes instituèrent à plusieurs reprises des expériences palingénésiques. Abou Bekre al Rhali (surnommé Rhasès, mort en 942) et Albertus Magnus notamment ont dû s'occuper de notre sujet [46]. Bien plus de ce dernier on va jusqu'à affirmer qu'il décrivit des *Homunculi* [47], et dans *l'Œuvre végétal* d'Isaac Hollandus [48] figurent des remarques sur la palingénésie.

---

p. 399. Celui qui veut se faire une idée de tout ce que l'on entendait sous le nom de palingénésie et du rôle de l'imagination dans ce que l'on avait vu, n'a qu'à lire et relire la *Physica curiosa* de Jean Otto von Helbig (Sondershausen, 1700, in-8). La feuille de mélisse d'Œttinger pourrait, elle aussi, être rangée au nombre des produits de l'imagination.

46   Campanelle, *De sensu rerum et magia*. Francof., 1620, in-4.
47   Plusieurs fois imprimé.
48   *Archidoxorum libri* X, 1. I.

C'est seulement chez Paracelse que nous rencontrons des indications plus détaillées sur les deux espèces des palingénésies. Sur la palingénésie des ombres, il s'exprime en ces termes [49] :

« De là ressort qu'une force *primi entis* (d'entité première) est enfermée dans un flacon et amenée à ce point, de pouvoir donner naissance dans ce même flacon à une forme de la même plante et ce sans le secours d'une terre ; et, quand cette plante est arrivée an terme de sa croissance, ce qu'elle a engendré n'est point un *corpus* (corps) car pour cause première elle n'a point eu un *liquidum terræ*, et sa couche est une chose n'ayant d'existence que pour l'œil, une chose que le doigt ramène à l'état de suc ; ce n'est qu'une fumée affectant la forme d'une substance, mais n'offrant toutefois nulle prise, c'est-à-dire quelque chose d'immatériel, non susceptible d'impressionner le sens du toucher. »

Paracelse ne donne point d'instruction sur la palingénésie des ombres, mais bien sur celle des corps, lorsqu'il dit [50] : « Prenez un oiseau qui vient d'éclore, enfermez-le hermétiquement [51] dans un matras et réduisez-le en cen-

---

49   *Métamorphoses*, 32, 275-284.
50   Eckartshausen, *Éclaircissements sur la magie*, II, p. 390. Je n'ai eu, à la vérité, aucune occasion d'étudier avec soin la grande édition de Jammy des œuvres d'Albertus Magnus ; toutefois, je communiquerai plus loin une instruction manuscrite qu'on lui attribue, relative à la palingénésie.
51   *De natura rerum*.

dres sur un feu convenable. Plongez ensuite le récipient tout entier avec les cendres de l'oiseau incinéré dans du fumier de cheval et laissez-le là jusqu'à ce que se soit formée une substance visqueuse (produit de la cendre et des huiles empyreumatiques); mettez cette substance dans une coquille d'œuf, fermez le tout avec le plus grand soin et faites couver selon le mode usité : vous verrez alors reparaître l'oiseau précédemment incinéré. »

Le comte Kenelm Digby (1603-1665) assure avoir reconstitué de la même façon des écrevisses brûlées[52], et Paracelse veut étendre à toutes les espèces d'animaux ce mode de palingénésie. Son contemporain, Agrippa de Nettesheim, semble avoir connu ce procédé, car il dit[53] : « Il existe un artifice par lequel, dans un œuf placé sous une poule couveuse, s'engendre une figure humaine, ainsi que je l'ai vu et suis en état de l'exécuter moi-même. Les magiciens attribuent à une figure de ce genre des forces merveilleuses et l'appellent la véritable mandragore[54].

Nous reviendrons là-dessus plus loin.

A l'exemple de leur maître, les paracelsistes s'occupèrent de palingénésie et écrivirent beaucoup sur ce sujet. Citons parmi eux Gaston de Claves (Clavœus)[55],

---

52   C'est-à-dire à l'abri de l'air et du contact direct du feu.
53   *De Occulta Philosophia*, l. I, ch. XXXVI.
54   Maurer, *Amphitheatrum magiæ universæ*.
55   *Philosophia chemi.*, Geur. et Lugd. Bat. 1612, in-8°.

Quercetanus[56], Pierre Borreli[57], Nicolas Béguin[58], Otto Tachenius[59], Daniel Sennert[60], A.-F. Pezold[61], Kenelm Digby[62], David van der Becke[63] et William Maxwell[64]. L'ouvrage du recteur de Hindelberg, Franck von Frankenau, est loin d'épuiser la matière et, au point de vue expérimental, se base principalement sur les instructions, concordantes d'ailleurs, de Borelli, Tachenius et Van der Becke. Autant que je sache, le dernier témoignage de pratique palingénésique vient d'Eckartshausen qui dit[65] : « Deux de nos amis ont vu de réelles expériences, instituées de façon différente ; ils assistèrent aux manipulations et les exécutèrent eux-mêmes. L'un fit revivre une renoncule et l'autre une rose ; ils firent aussi avec des animaux des expériences qui furent couronnées de succès. Et c'est d'après leurs principes et leur méthode que je veux aussi travailler. »

---

56   *Defensio contra anonymum.*

57   *Historiarum medico-physicarum centur.*, IV, Francof., 1670, in-8.

58   *Tyrocinium chymicium*, Paris, 1600, in-8.

59   *Hippocrates chymicus*, Yanet, 1666, in-12.

60   *Opera omnia*, Lugd. 1650, in-folio ; t. III, p. 706 et 750.

61   *Ephem. natur. curios. centur.*, VII, obs. 12..

62   *Dissertatio de plantarum vegetatione.*

63   *Experimenta et meditationes circa naturalium rerum principia*, Hambourg, 1683, in-8.

64   *Medicina magnetica.*

65   *Éclaircissements sur la magie*, II, p. 386.

William Maxwell, le Gustave Jœger du XVIIᵉ siècle, parle de la palingénésie en plusieurs endroits de ses ouvrages. Malheureusement, toutefois, il le fait à la façon de son maître Fludd, c'est-à-dire d'une façon confuse et sottement mystérieuse. Sur la palingénésie des ombres tout d'abord, il s'exprime en ces termes[66] : « Prenez une quantité suffisante de feuilles de roses, faites-les sécher au feu et enfin avivez celui-ci avec le soufflet jusqu'à ce qu'elles soient réduites en une cendre très blanche (ce résultat peut être obtenu par simple combustion, dans un creuset porté au rouge, de feuilles de roses desséchées). Extrayez alors le sel au moyen de l'eau ordinaire et introduisez ce sel dans un kolatorium (un de ces appareils inutiles de l'ancienne chimie ; n'importe quel flacon bouché à l'émeri rendra les mêmes services) dont vous aurez obturé le mieux possible les ouvertures ; laissez ce kolatorium sur le feu pendant trois mois (il s'agit évidemment ici de la chaleur douce de la digestion), enterrez-le ensuite dans le fumier (comme il a été indiqué plus haut) et laissez-l'y trois mois (c'est en vue de la putréfaction qu'on plongeait les préparations dans le fumier de cheval qu'on renouvelait lorsque s'abaissait la chaleur engendrée par la pourriture). Au bout de ce temps, retirez le récipient et replacez-le sur le feu jusqu'à ce que les figures commencent à apparaître dans le flacon. »

---

66   *Medicina magnetica* I. II. ch. v. — Ce qui est entre parenthèses constitue mes remarques.

C'est de cette façon que Maxwell est d'avis de pratiquer la palingénésie de toutes les plantes et même de l'homme, et ailleurs il dit[67] : « Et de même que de cette manière les sels des plantes sont contraints de laisser apparaître dans un flacon les figures des plantes qui ont préparé ces sels, de même, et c'est un fait hors de doute, le sel de sang (c'est-à-dire le sel provenant de la cendre du sang) est en état de reproduire, sous l'influence d'une très faible chaleur, une figure humaine. Et il faut voir là-dedans le véritable homuncule de Paracelse. » Comme pendant à cette palingénésie des ombres, Maxwell connaît aussi une palingénésie des corps, et décrit ainsi qu'il suit la « véritable mandragore » d'Agrippa ! « Mêlez dans un récipient non artificiel, bien clos (une coquille d'œuf vidée par l'aspiration), du sang avec les particules les plus nobles du corps aussi bien que possible et dans les proportions convenables, et faites couver par une poule. Au bout d'un temps déterminé, vous trouverez, rappelant la forme humaine, une masse avec laquelle vous pourrez accomplir des choses merveilleuses ; vous verrez aussi une huile ou un liquide baignant cette masse tout autour. En mélangeant cette huile ou ce liquide avec votre propre sueur, vous réaliserez, par un simple contact, des modifications dans les perceptions de vos sens. »

---

67   Voyez l'ouvrage cité : 1. II ; ch. xx.

David Van der Becke appelle le corps astral *idea seminalis* et donne, relativement à la palingénésie des plantes, les instructions suivantes[68] : « Par une journée sereine, recueillez la semence mûre d'une plante, broyez-la dans un mortier (une écuelle à pulvériser rendra les mêmes services)[69], et mettez-la dans un matras de la taille de la plante, à peu près, matras présentant un orifice étroit afin de pouvoir être fermé hermétiquement. Conservez le matras fermé jusqu'à ce qu'il se présente une soirée permettant d'espérer une abondante rosée dans la nuit. Introduisez ensuite la semence dans un vase en verre et, après avoir placé sous ce vase un plateau afin que rien ne soit perdu, exposez-la sur un pré ou dans un jardin afin qu'elle se pénètre bien de rosée, remettez-la dans le matras avant le lever du soleil. Vous filtrerez ensuite la rosée recueillie et distillerez jusqu'à disparition complète de tout dépôt. Pour ce qui est du dépôt lui-même, vous le calcinerez et obtiendrez après une série de lavages un sel que vous dissoudrez dans la rosée distillée après quoi vous verserez de cette rosée distillée la hauteur de trois doigts sur la semence imprégnée de rosée et luterez l'orifice du matras de telle sorte qu'aucune évaporisation ne se puisse produire. Puis, vous conserverez le matras en un endroit où règne une chaleur modérée.

---

68   *Medicina magnetica*, 1, II, ch. xx.
69   La remarque est de Maxwell.

Au bout de quelques jours, la semence commencera à se transformer peu à peu en une sorte de terre mucilagineuse ; l'alcool flottant au-dessus se zébrera de stries et à sa surface se formera une membrane terre mucilagineuse verte. Exposez le matras fermé aux rayons du soleil et de la lune et, en temps de pluie, tenez-le dans une chambre chaude jusqu'à ce que tous les indices soient bien achevés. Si vous soumettez alors le matras à une douce chaleur, vous verrez apparaître l'image de la plante correspondant à la semence employée, et vous la verrez disparaître par le refroidissement. Cette méthode de représentation de l'*Idea seminalis* est employée avec peu de variantes par tous ceux qui pratiquent la palingénésie. »

Van der Becke cite aussi la palingénésie par le moyen de la cendre sans toutefois donner les instructions relatives à ce sujet et estime que l'on peut, de cette façon, pratiquer vis-à-vis de ses ancêtres une nécromancie licite, pourvu toutefois que l'on ait conservé de leurs cendres[70].

Nous trouvons l'avis de Van der Becke très complété dans ce qu'il y a d'essentiel dans un ouvrage[71] de la fin du siècle dernier où il est dit : « Prenez la semence d'une plante. La plante peut être quelconque pourvu qu'elle soit

---

70   *Experimenta*, p. 310.
71   *Dissertation sur la résurrection artificielle des animaux, plantes et êtres humains au moyen de leurs cendres*, Francfort et Leipzig, 1785, in-12.

dans sa maturation et recueillie par un beau temps et un ciel serein. Broyez-en 4 livres[72] dans un mortier en verre et mettez-la dans un flacon convenable, de la taille de la plante tout entière. Fermez ensuite ce flacon de telle sorte que rien ne s'évente ; mettez-le avec la semence broyée en un endroit chaud et attendez un soir où le ciel soit bien clair : c'est en effet, comme on peut l'observer, en de tels moments que la rosée s'amasse en plus grande abondance. Portez alors la semence pour la mettre dans une jatte et exposez-la en plein air dans un jardin ou sur un pré. Il faudra avoir soin de placer la jatte sur un large plateau, afin que rien ne se perde par l'écoulement ; la rosée viendra tomber sur la semence et lui communiquera sa nature. En outre de cela, on devra au préalable avoir étendu sur des pieux des draps bien propres sur lesquels la rosée se déposera en grande quantité et qu'elle imbibera de façon que, par torsion du linge, on puisse recueillir de cette rosée la valeur de huit mesures qu'on mettra dans un récipient en verre, dans un seul ! Quant à la semence ainsi imprégnée de rosée, on devra la mettre dans le flacon avant le lever du soleil afin que rien n'en soit pompé ou réduit en vapeur par cet astre. Après cela il faudra filtrer et distiller à plusieurs reprises, tandis qu'on calcinera les restes de la rosée pour en

---

72   La quantité est indifférente. Néanmoins, il faudra observer, ainsi qu'il ressort de ce qui suit, qu'il faut compter deux litres de rosée pour une livre de semence.

extraire le sel. On dissoudra ce sel dans la rosée distillée, et on le joindra à la semence broyée du flacon jusqu'à ce qu'il le dépasse de deux fois la largeur du doigt, puis on cachettera hermétiquement à la cire. On enterrera ensuite le flacon à 2 pieds de profondeur en lieu humide ou dans du fumier de cheval pendant un mois tout entier. Si alors on le sort, on verra la semence transformée et on trouvera au-dessus d'elle une membrane diversement colorée et, sous cette membrane, une terre mucilagineuse, tandis que la rosée apparaîtra, de par la nature de la semence, d'une coloration vert pré. On suspendra alors pendant tout l'été le flacon ainsi fermé en un endroit tel qu'il puisse, le jour, recevoir les rayons du soleil, la nuit ceux de la lune et des étoiles. En cas de pluie ou de temps variable, on le tiendra en un lieu sec jusqu'à ce que le temps se remette au beau : à ce moment on pourra le suspendre de nouveau. La réussite de l'œuvre peut exiger deux mois comme elle peut exiger deux ans, selon que le temps aura été ou non beau et chaud. Voici quels sont les indices de la croissance. La matière mucilagineuse se soulève notablement : l'alcool et la membrane commencent à diminuer de jour en jour, et le tout se prend presque en masse. On voit aussi dans le verre, par suite du reflet du soleil, une vapeur subtile dont la forme ou figure, qui est celle de la plante, flotte à ce moment encore isolée et incolore, ainsi qu'une simple toile d'araignée[73]. Cette figure monte et descend fréquemment suivant l'énergie avec laquelle le soleil agit et suivant que la lune brille son plein éclat dans le ciel. Enfin, le dépôt et l'alcool se transforment en une cendre blanche qui, avec le temps, donne naissance à la tige, à la plante et aux fleurs, avec leur couleur et leur figure. Si on éloigne la chaleur, tout cela disparaît et se retransforme en sa terre pour reparaître quand on replace le flacon sur le feu ou quand on le tient à une chaleur douce. Exposées de nouveau au froid, les figures disparaissent. Si le flacon est bien fermé, l'apparition de ces figures pourra être réalisée indéfiniment.

Telles seraient, d'après la source ci-dessus, les instructions mises en pratique par Kircher, à l'occasion de quoi je ferai remarquer que Kircher, en avançant que l'empereur Ferdinand III en aurait reçu le secret de l'empereur Maximilien, émet une allégation forcément erronée, étant donné que Ferdinand III naquit en 1608, alors que la mort de Maximilien II remonte à l'année 1576.

Nous trouvons les instructions d'Œttinger[74] très essentiellement complétées chez le chimiste J.-J. Becker[75],

---

73   Rappelons ici l'aspect de toile d'araignée qu'offrent, à ce qu'on suppose, les « spectres », la « Dame blanche » comme on l'appelle, et tant d'autres apparitions.

74   Comparez dans le *Sphinx*, VII, p. 198.

75   *Chymischer Glückshafen*, Francfort, 1682, in-4, p. 849. *Chymischer Glückshafen* est le titre allemand de l'ouvrage et peut se traduire par : « Port heureux où mène la chimie ».

fort célèbre en son temps, et voici quels en sont les termes dans la traduction allemande : « Prenez en temps convenable une plante quelconque ou plutôt chaque partie de cette plante, la racine en novembre, après égrènement de la semence ; la fleur en son plein épanouissement, la plante avant la floraison. Prenez de tout cela une fraction notable et faites sécher en un lieu ombreux où ne pénètrent ni le soleil ni aucune autre chaleur. Calcinez ensuite dans un pot de terre dont les joints auront été bien obturés et extrayez le sel avec l'eau chaude. Prenez ensuite le suc de la racine de la plante et de la fleur ; mettez-la dans un vase de terre et faites dissoudre dans ce suc le sel. Après cela, prenez une terre vierge, c'est-à-dire n'ayant été encore ni labourée ni ensemencée, telle qu'on la rencontre sur les montagnes. Cette terre devra être rouge, pure et sans mélange ; pulvérisez-la et passez-la au tamis. Vous la mettez alors dans un récipient en verre ou en terre et l'arroserez avec le suc ci-dessus jusqu'à ce qu'elle l'ait absorbé et commence à devenir verte. Vous poserez ensuite sur ce récipient un autre de hauteur telle qu'il corresponde à la taille naturelle de la plante. Les joints devront être bien obturés afin qu'il n'arrive sur l'image de la plante aucun courant d'air. Toutefois, le récipient devra être muni d'une ouverture à sa partie la plus inférieure, afin que l'air puisse pénétrer dans la terre. Exposez alors au soleil ou à une douce chaleur et au bout d'une demi-heure vous verrez apparaître en couleur gris perle l'image de la plante. »

Dans le même passage, Becker communique encore les instructions suivantes : « Dans un mortier broyez une plante avec ses racines et ses fleurs, mettez-la dans un matras ou autre récipient jusqu'à ce qu'elle entre d'elle-même en fermentation et dégage de la chaleur. Exprimez-en ensuite le suc, purifiez-le par le filtrage et reversez sur le résidu ce que vous aurez filtré dans le but de produire la putréfaction comme tout à l'heure, jusqu'à ce que le suc revête la couleur naturelle de la plante. Ensuite, exprimez de nouveau ce suc et filtrez-le, puis mettez-le dans un alambic et faites digérer jusqu'à ce que toutes les impuretés se soient déposées et que le suc apparaisse clair, pur et de la couleur de la plante. Versez alors ce suc dans un autre alambic et distillez par une douce chaleur le flegme et les esprits volatils au-dessus du chapiteau. Il restera le sulfure, c'est-à-dire la masse solide de l'extrait. Mettez-le de côté. Du flegme retirez ensuite par distillation au moyen d'un feu doux, les produits volatils ammoniacaux, plus légers que l'eau, provenant de la fermentation ; mettez-les de côté. Prenez ensuite le résidu, calcinez-le par un feu doux, et au moyen du flegme extrayez-en le sel volatil (c'est-à-dire les sels ammoniacaux unis aux produits acides de la combustion). De nouveau, distillez au bain-marie le flegme pour en extraire le sel volatil et calcinez le résidu jusqu'à ce qu'il devienne blanc comme la cendre. Sur ce résidu, versez le flegme et extrayez-en par lavage le sel fixe. Filtrez à plusieurs reprises la lessive et séparez par évaporation le flegme ou sel purifié. Prenez après cela deux sels, le sel volatil et le sel fixe, versez-y les esprits volatils avec le soufre et les esprits de feu qui pendant la distillation se présentent les premiers, et laissez le tout s'unir. Vous pouvez, au lieu de flegme, prendre de l'eau de pluie distillée et y dissoudre au lieu de sel fixe (carbonate de potasse), un sel de plante quelconque, puis ajouter le soufre, coaguler (dessécher) au moyen d'un feu doux et amener ainsi la réunion et la combinaison des trois principes. Mettez ces trois principes dans un vaste matras et ajoutez à l'eau distillée par la plante elle-même ou à l'alcool de la rosée de mai ou de l'eau de pluie. Un seul de ces deux liquides peut suffire. Soumettez à une douce chaleur le vase hermétiquement clos et vous verrez la plante immatérielle croître avec ses fleurs dans cette eau et apparaître visiblement aussi longtemps que durera la chaleur ; elle disparaîtra par le refroidissement pour réapparaître si vous réchauffez, et c'est là un grand miracle de la nature et de l'art. »

Deux instructions analogues sur la palingénésie des corps et sur celle des ombres se trouvent dans les manuscrits de la Rose+Croix de mon arrière grand père[76]. La première est attribuée à Albert le Grand et figure dans *l'A. B. C. d'or des phénomènes de la nature d'Albert le Grand,*

---

76   Voyez le *Sphinx*, t. I. pp. 45 et suiv.

opuscule manuscrit, la traduction évidemment d'un ancien original latin. Je ne saurais dire si cet opuscule se trouve dans la grande édition Jammy des œuvres d'Albert le Grand, cette collection n'étant point à ma disposition. Toutefois, l'authenticité d'origine de l'opuscule précité me paraît vraisemblable pour deux raisons.

Tout d'abord, il ressort jusqu'à l'évidence, des œuvres imprimées d'Albert le Grand[77], que ce grand savant avait connaissance de la palingénésie, et, en second lieu, il est fort possible, comme cela se produit fréquemment que des manuscrits réellement existants n'aient point été admis dans la collection parce que le collectionneur en ignorait l'existence. Voici quelle est la première de ces instructions :

« De même que se trouve dans quelques minéraux le *Spiritus Universi*, de même que des minéraux on peut tirer un *Spiritum universalem* ; de même parmi tous les minéraux deux se rencontrent qui d'eux-mêmes fournissent ce *Spiritum*. L'un est une *Minera bismuthi*[78] venant des montagnes, l'autre est une terre minérale brune qui se trouve dans les minerais d'argent et qui renferme un semblable esprit merveilleux donnant la vie. Les cailloux que l'on rencontre dans les cours d'eau donnent aussi un *Liquorem* ;

---

77   Eckartshausen *Éclaircissements sur la magie*, II, pp. 388 et 390.
78   Du bismuth oxydé apparemment.

mais propre seulement à faire croître les métaux, car, plongés dans cette liqueur, ceux-ci croissent en hauteur.

« Voici comment s'obtient le *Spiritum* provenant du bismuth. Prenez une *Minera bismuthi* telle qu'on la tire des montagnes ; réduisez-la par le broiement en poudre impalpable et mettez cette poudre dans une cornue bien lutée. Plongez cette cornue dans une coupelle pleine de limaille de fer de façon qu'elle en soit entièrement recouverte et adaptez-lui un serpentin : vous en ferez sortir alors un *Spiritum per gradus ignis* en quarante-huit heures, lequel *Spiritus* débordera comme les larmes coulent des yeux. On ne préconise point ici l'eau ; mais comme la rosée[79] fournit le *Spiritum Universi* que dans mes écrits j'ai appelé *spiritus roris majalis*, qu'on en ajoute une demi-livre, car ce n'est nullement contraire à l'ouvre. Qu'on y introduise ensuite le *Spiritum bismuthi*. Quand tout y sera, laissez éteindre le feu. Lorsque tout sera refroidi, vous verserez la *liquorem* qui a débordé lors de la distillation, dans un grand alambic et vous placerez cet alambic dans un *Balneum maris* (bain-marie) après l'avoir recouvert d'un *Alambicum* (chapiteau) ; puis, celui-ci étant luté, distillez : vous obtiendrez un *spiritum* pur comme du cristal, doux comme le miel : ce *spiritum* est un esprit vivant et appartient à la *Magia*.

---

79   Comparez l'instruction suivante.

« Cet esprit a fait de moi un magicien ; il est l'unique esprit actif doué de propriétés magiques qui ait reçu de Dieu le Très-Haut les forces qu'il possède, car il peut revêtir toutes sortes de formes. Il est *animal*, car il créa des *Animalia* ; il est *végétal*, car il créa des *Vegetabilia*. Par lui croissent arbres, feuillage, herbes, fleurs, oui, tous les *Vegetabilia* ; il est *minéral*, car il est le principe de tous les minéraux et de tous les métaux ; il est *astral*, car il vient de haut en bas, des astres dont il est par conséquent imprégné ; il est *universel*, vu qu'il est créé dès le principe ; il est le Verbe, étant issu de Dieu ; il est par conséquent intelligible et le *Primum mobile* de toutes choses ; il est la pure nature, sortie de la lumière et du feu, puis transportée et insufflée dans les choses intérieures. Hermès [80] dit de ces choses que l'esprit est apporté en elles dans le sein des vents. Cet esprit ôte et donne la vie et on peut avec lui accomplir des merveilles inouïes. Voici comment :

« Prenez une plante, une fleur ou un fruit avant que la nature les ait amenés à maturité complète, grappes de raisin, poires, pommes, cerises, prunes, amandes par exemple. Après avoir opéré le triage de ces choses, suspendez-les ensemble à l'ombre et, de même que les fleurs, laissez-les se dessécher. Vous les amènerez ensuite à refleurir et à reverdir en plein hiver, au point même qu'elles mûriront

---

80   Dans la *Tabula Smaragdina*.

et produiront leurs fruits du goût le plus succulent. Voici comment il faudra procéder. On prendra un récipient à embouchure étroite et à large ventre dans lequel on versera de l'esprit universel la valeur d'une livre ; puis on mettra dans ce récipient les branches avec les fleurs et les fruits, et on bouchera à la cire afin que l'esprit reste bien dans le récipient. Abandonnez ensuite l'opération à elle-même. En vingt-quatre heures, tout commencera à verdir et à croître en hauteur : les fruits mûriront, les fleurs revêtiront leur parfum et tout aura bonne odeur et bon goût. On reconnaîtra en ceci la puissance de Dieu là où l'évêque de Passau[81] ne voit qu'une œuvre diabolique, parce qu'il ignore la puissance divine. Cet esprit est capable de réaliser sur bien davantage encore d'autres choses, comme le Saint-Père lui-même le pourra constater. Il faut louer et prier Dieu pour tous les bienfaits et miracles dont il nous gratifie, pauvres êtres humains que nous sommes. En vérité, et qui le nierait, c'est chose surnaturelle que de revivre ainsi par cet esprit des choses mortes, ce qui sert d'ailleurs à donner la preuve que cet esprit a la puissance de ramener à l'existence tout ce qui est mort. C'est ainsi qu'ayant pris un oiseau et l'ayant incinéré dans un vase, j'ai mis ses cendres dans un pareil récipient (dans le manuscrit est reproduit, surmonté d'un faux chapiteau, un alambic dans lequel on

---

81   Rüdiger de Radeck ou Otto de Lomsdorf ; tous deux étaient contemporains d'Albert.

peut voir un liquide et dans celui-ci le visage d'un enfant).
Dans un autre récipient, j'ai mis la cendre du cadavre en
décomposition d'un petit enfant, après avoir au préalable porté au rouge la terre de ce récipient, dans un autre
encore la cendre d'une plante brûlée avec ses fleurs. Ces
différents récipients, je les ai ensuite entièrement remplis
de *spiritus*, puis j'ai abandonné l'opération à elle-même.
L'esprit (corps astral) de l'enfant et de la plante, développé
en vingt-quatre heures, s'est montré à moi dans le *spiritus*
avec toutes les apparences de la réalité. Cela n'est-il point
une véritable résurrection de ces êtres ? L'esprit (ici le *spiritus*) éveille à ce point la forme que, par là, on peut se faire
idée de l'aspect que nous revêtirons lorsque nous serons
nous-mêmes esprits avec des corps purs, c'est-à-dire trans-
parents et différents de figure.

   « De même que recevra une vie nouvelle le corps avec
l'âme et l'esprit qui lui appartiennent, de même nous serons alors dans cette transfiguration en état de contempler
Dieu, car il est force lumineuse. J'ai voulu dire qu'ici je possède un esprit avec lequel je pourrais m'entretenir quelques
heures par jour, mais cet esprit n'est que la représentation
non matérielle de la façon dont nous ressusciterons d'entre
les morts.

   « En outre, on a trouvé chez moi, lors de l'enquête, un
récipient dans lequel le *liquor* seul est conservé avec une
goutte de sang de Thomas (Thomas d'Aquin, élève d'Al-

bert) qui lui aussi porte sur lui une goutte de mon sang : lorsqu'on désire savoir comment se porte un ami qui vous est cher, on est à même, par ce moyen, d'être renseigné jour et nuit. Cet ami est-il tombé malade, la petite lueur au milieu de ce récipient, au lieu d'être brillante, ne jettera qu'un très faible éclat ; est-il très malade, elle devient terne ; s'il est en colère, le flacon s'échauffe ; s'il agite, la lueur s'agite ; quand il meurt, elle s'éteint et le flacon éclate. Bien plus, on peut, puisque tout provient de cet esprit unique, on peut utiliser ces signes pour adresser la parole à son ami, car cet esprit a tout pouvoir. »

Les paracelsistes et les Rose+Croix s'occupèrent énormément de ces lampes vitales et un certain Burggraf publia [82] même sur ce sujet un livre spécial dont Van Helmont fait mention [83], mais que je n'ai encore pu trouver nulle part.

Pour terminer, je veux encore donner communication d'une expérience de palingénésie qui figure dans le *Testamentum Fratrum Rosæ Aureæ Crucis*. On peut la rapprocher de la précédente, et pour un chimiste disposant d'un laboratoire, elle est facile à exécuter :

« Manière de préparer l'*Universel* à l'aide de la rosée, de la pluie et de la gelée blanche (givre).

---

82   Burggravis, *De lampade vitæ*, Francf. 1611.
83   V. Helmont, *De magnetica vulnerum curatione*, 20.

« Mes chers enfants ! Que le zèle du travail vous anime dès le début de l'année. Recueillez dans un grand tonneau de la gelée blanche, de la neige, du brouillard, de la rosée et de l'eau de pluie autant que vous pourrez vous en procurer, abandonnez toutes ces choses à elles-mêmes et laissez-les entrer en décomposition et se putréfier jusqu'au mois de juillet. Vous aurez des signes véritables lorsque la masse terreuse cessera d'être homogène, lorsque, à la partie supérieure, se formera une sorte de membrane verte, tandis que la force verdoyante de la végétation se révélera par l'apparition de quelques vermisseaux. Mes enfants ! Quand les choses en seront là, mettez-vous à l'œuvre, remuez et mêlez le tout, versez ensuite dans un serpentin (alambic avec son serpentin) et distillez par un feu doux les 100 livres par 10 livres à la fois, pas plus, jusqu'à épuisement de votre eau putréfiée. Vous remettrez alors dans un serpentin et distillerez de nouveau par dix livres ce produit de la première distillation. Puis, jetant le résidu, vous le distillerez encore par 10 livres ; quand vous n'aurez plus en tout que 10 livres[84], prenez une forte cornue capable de bien supporter le feu, et versez-y ces 10 livres ; puis, dans la cendre, sur un feu doux, réduisez par distillation ces 10 livres à 6, remettez encore le *spiritum* dans une cornue, plongez

---

84   Ainsi que cela a lieu dans la rectification des alcools, l'ensemble de ces produits de distillation est ramené par distillation successive à dix livres.

celle-ci dans un bain-marie et ramenez encore par distillation à 3 livres. A ce point, septième distillation, montera
un esprit très volatil qui est un air pur ; bien plus, un esprit
donnant la vie, car, si vous en absorbez la valeur d'une pleine petite cuillerée, vous ressentirez dans tous les membres
les effets de sa puissance : il ragaillardit le cœur et traverse
le corps ainsi qu'un souffle et un esprit. Vous devrez donc
avoir rectifié cet esprit sept fois et l'avoir ainsi poussé dans
ses derniers retranchements. Vous pouvez alors le faire servir à différents usages, accomplir des miracles avec, car cet
esprit éveille toutes choses et les appelle à la vie.

« Maintenant, prenez la cendre d'une plante, d'une
fleur et d'une racine ou bien la cendre d'un animal, oiseau
ou lézard, ou bien encore la cendre du cadavre en décomposition d'un petit enfant, portez-la au rouge, mettez-la
dans un large et haut matras, ou tout autre grand verre ;
puis, de cet esprit merveilleux qui vivifie, versez par dessus
la hauteur d'une main et bouchez avec soin votre récipient,
que vous placerez alors sans l'agiter en un endroit chaud.
Au bout de trois fois vingt-quatre heures, la plante apparaîtra avec sa fleur, l'animal ou l'enfant avec tous ses membres, résultats que quelques-uns utilisent pour de vastes
jongleries. Ces êtres toutefois sont des créatures purement
spirituelles, car, si on agite un peu, ils ne tardent pas à disparaître. Si on laisse le récipient en repos, ils reparaissent,
ce qui est un spectacle merveilleux à voir, un spectacle qui

nous fait assister à la résurrection des morts, et nous montre comment toutes choses dans la nature reprendront figure lors de la résurrection universelle.

« Mon ami ! C'est ensuite une fleur desséchée, fanée ou tout autre feuillage, brin d'herbe ou grappe de raisin que j'ai coupée avec son cep et ses feuilles pour les laisser se dessécher à l'ombre ; c'est encore un bouquet que j'ai fait de toutes sortes de fruits non mûrs aussi bien que d'autres à la phase de développement. Eh bien ! quand j'ai voulu que mes élèves voient, j'ai mis dans un récipient de ces ramilles, de ces fleurs, puis j'ai versé dessus la quantité d'esprit nécessaire. Il faut que le récipient soit large en bas, étroit en haut. Ce récipient, je l'ai fermé à sa partie supérieure avec de la cire et laissé en repos vingt-quatre heures. Au bout de ce temps, tout a recommencé à verdir et à fleurir, à ce point que les fruits desséchés ont repris vie même au milieu de l'hiver et ont même, après trois à quatre jours et autant de nuits, mûri et acquis un goût exquis. J'ai dit alors que je les avais reçus de tel ou tel pays à ceux principalement qui étaient dans l'ignorance absolue de ces choses.

« Mon ami, j'ai mis aussi un peu de cet esprit dans un beau petit flacon blanc et j'y ai ajouté, en outre, quelques gouttes de mon sang ou du sang d'un ami qui m'est cher. J'ai ensuite solidement bouché le flacon. J'ai pu de cette façon constamment observer comment allait mon ami, s'il était en bonne santé, malheureux ou heureux, car sa

personnalité se présente d'une façon tout à fait caractérisée. Vit-il heureux, la clarté règne dans le flacon et tout
est vivant autour de lui[85] ; court-il un danger, tout est
terne autour de lui ; s'il vient à être malade, l'obscurité et
l'agitation se font dans le flacon ; vient-il à mourir, naturellement ou de mort violente, le flacon éclate. C'est ainsi
qu'avec cet esprit qui donne la vie on peut accomplir nombre de merveilles. »

(Traduit par L. Desvignes)

---

85   C'est-à-dire autour de la lueur qui représente l'ami (*NdT*).

TROISIÈME PARTIE

PETIT DICTIONNAIRE
DE BOTANIQUE

PETIT DICTIONNAIRE DE BOTANIQUE

Ce dictionnaire contient, outre les noms de la plante, l'indication de sa correspondance élémentaire qualitative, planétaire et zodiacale, de ses usages, de sa préparation spéciale, s'il y a lieu, et de son mode d'emploi.

L'époque de sa cueillette est toujours indiquée par la planète et le signe zodiacal : c'est-à-dire que *cette récolte doit être faite lorsque la planète se trouve dans le signe indiqué.*

Bien entendu nous n'avons cité qu'une infime minorité de végétaux ; ce petit vocbulaire n'ayant pour but que de donner des exemples aux théories précédemment exposées.

❧ A ❧

Abrotanum. — Chaud et sec ; ♈. Se cueille au commencement d'avril ou sous le ♏. Bon pour la parturition.

Absinthe. — ♂ et ♑. Réceptacle d'astral inférieur ; est en quelque sorte le haschich de l'Occident ; elle peut servir à certaines expériences lorsque ses sommités fleuries sont préparées avec pureté. Vermifuge, fébrifuge.

Acacia. — ☿. Arbre sacré des Égyptiens et des F. M.

Acanthe (acanthus mollis). — ♂ Emollient,

Ache ou *oscicum*, Céleri des marais, *Apium graveolens* L. — ☿ en ♌. Plante sacrée et funèbre des Grecs ; les graines sont digestives et carminatives[86]. Diurétique. Détersive[87] : nettoie les plaies, dégonfle le sein des nourrices.

Grande Ache, *Olies atrum*. — Mêmes propriétés.

Aconit ou Capuchon de moine ou Pardalianches, Casque de Jupiter, Napel, tueloup, fève de loup, thore, capuchon de Minerve. — Froid et sec ; ♑ ♄. Les Grecs disaient cette plante née de l'écume de Cerbère lorsque Hercule le traîna hors des Enfers.

---

86   Bon contre les flatuosités.
87   Propre à nettoyer les plaies et les ulcères.

Les feuilles guérissent les bubons[88] et les vieux ulcères, ainsi que sa racine cueillie en conjonction de ♄ et
du ☉ infusée dans du vin ; vénéneux, sudorifique ; bon
contre la paralysie, la pierre[89], la gravelle[90], la jaunisse,
l'asthme ; arrête l'épistaxis[91], fait repousser les cheveux ;
antidote des morsures venimeuses.

Agaric. — Chaud, sec, un peu humide, ♈. Cueillir à la fin
de juillet et au commencement d'août.

Agnus Castus, Vitex, Petit Poivre, Gattilier. — ♄ dans ♋.
Les graines, infusées, servent dans les maladies vénériennes. Paracelse appelle ses fleurs *zatanca, zuccar*
ou *zuccaiar.* Leurs propriétés calmantes étaient déjà
connues des Athéniennes qui mettaient cette plante

---

88   Tumeur inflammatoire, siégeant dans les ganglions
lymphatiques sous-cutanés. Bubon sympathique, bubon produit
par l'irritation qui, d'une partie enflammée ou ulcérée, s'est propagée
jusqu'aux ganglions lymphatiques. — Bubon pestilentiel, bubon qui
est un des phénomènes de la peste d'Orient. — Bubon scrofuleux,
bubon dû à une irritation scrofuleuse. — Bubon syphilitique, bubon
causé par l'infection syphilitique.

89   Nom donné aux concrétions qui se forment dans les reins,
dans la vessie et dans quelques autres organes du corps. Pierre rénale.
Pierre vésicale. Pierre biliaire.

90   Nom donné à de petits corps granuleux semblables à du sable
ou à du gravier qu'on trouve réunis au fond du vase dans lequel l'urine
de certaines personnes s'est refroidie. Maladie qui consiste en des
urines chargées de cette gravelle devenue assez grosse pour causer des
douleurs vives à mesure qu'elle va des reins dans la vessie.

91   Écoulement de sang par les narines.

dans leurs lits pendant les fêtes de Cérès pour conserver leur continence.

Aigremoine, *Agrimonis eupatoria*, herbe de S[t]. Guillaume, Soubeirette, Ingremoine. — Froide et sèche, ♉ ou ♒. Croît dans les haies et les buissons. Feuilles astringentes, contre angines, néphrites[92], fleurs bl.[93], vessie faible. Mise sous la tête d'une personne qui dort, l'empêche de s'éveiller. En fumigation, elle chasse les mauvais esprits ; en lotions, bonne contre les taies[94] (Dioscoride), les luxations et les foulures ; vermifuge ; bonne contre la morsure des serpents, la toux des brebis, etc. (O. de Serres).

Ail ou *Scorodon*. — ♂. ♐. Les Égyptiens honoraient cette plante ; les Grecs défendaient l'entrée du Temple de la Mère des Dieux à quiconque en avait mangé ; il faut en user en les corrigeant par ♄ (vinaigre) ; à jeun, préserve des maléfices ; diurétique, vermifuge, expectorant et menstruel. Bon contre l'hydropisie[95], la pierre. Suspendre une boîte d'aulx à un arbre, ou le nettoyer avec un instrument frotté d'ail en éloigne les oiseaux.

---

92   Inflammation des reins.

93   Fleurs blanches, nom vulgaire de la leucorrhée.
Écoulement muqueux, chez les femmes, par les parties génitales.

94   Nom qu'on donne vulgairement aux diverses taches blanches et opaques qui se forment quelquefois sur la cornée.

95   Accumulation de sérosité dans une partie du corps (cavité ou tissu cellulaire). Dans le langage ordinaire, l'ascite (accumulation d'eau dans le péritoine).

— Si on veut avoir des aulx inodores, il suffit de les planter et de les cueillir lorsque la lune n'est plus sous notre horizon.

Alkékenge ou Vésicaire, herbe à cloques, cloqueret. — Froid et sec, ♉ ou ♎. Diurétique ; contre les hydropisies.

Aloès, *Sempervivum marinum.* — ☉. ♐. La poudre d'aloès est employée comme parfum pour attirer les influences de ♃. La décoction du bois est bonne pour faciliter la conception. Des lotions de suc d'aloès et de vinaigre empêchent la chute des cheveux, en teinture, il forme l'élixir de longue vie du *Codex.*

Alyson maritime. — ☉ Littoral méditerranéen, antiscorbutique.

Amadou. — Champignon agaric du chêne.

Amandier. — ♀ et ♃. Cinq ou six amandes amères prises à jeun préviennent les effets de l'ivresse. Ces fruits sont encore bons pour les phtisiques[96], les nourrices et les hommes peu puissants ; calmant pour toutes inflammations ; avec œufs pour bronchite.

Amarante ou Amaranthe, Crête de coq. — ♃. Sa fleur est le symbole de l'immortalité ; des couronnes faites de

---

96   Une personne atteinte de phtisie, forme particulièrement grave de tuberculose pulmonaire. Cette maladie a fait des ravages au XIXe siècle et au début du XXe.

cette fleur concilient à ceux qui les portent la faveur des grands et la gloire.

Andromide. — (Alpes) ♄, âcre, narcotique pour bestiaux.

Angélique, *angelica archangelica*, racine du Saint-Esprit. — Chaude et sèche, ♌ ou ♒, ☉; se cueille lorsque ♉ est dans ☽ et dans ♊, ou à la fin d'août.

Bonne contre les fascinations; portée au cou des petits enfants elle les préserve des maléfices. Pour ces derniers usages, l'espèce sauvage, signée de ♐ est moins active : mêmes vertus que la verveine contre la rage; stimulant, stomachique[97], emménagogue[98].

Les feuilles, dominées par ♄, cueillies lorsqu'il est dans sa maison, sont bonnes contre la goutte[99]. La racine, dominée par ☉ et ♂, cueillie quand ces astres sont dans le ♌, guérit la gangrène, les morsures envenimées. Le suc des feuilles, mis dans les dents creuses, en apaise les douleurs. La décoction de la racine bue le matin à jeun guérit la toux invétérée. L'infusion[100] dans le vin guérit les ulcérations intérieures, la rage.

---

97   Qui appartient à l'estomac. On dit gastrique, aujourd'hui.

98   Qui provoque les règles.

99   Maladie des petites articulations caractérisée par de la rougeur, du gonflement, de vives douleurs et par la facilité avec laquelle elle se porte d'une articulation sur une autre.

100   Opération de pharmacie qui consiste à verser et à laisser refroidir un liquide bouillant sur une substance dont on veut extraire

Anis, anis vert, boucage. — Chaud et humide ; ♊, ou ♍, ♀. Les baies sont vermifuges. L'huile [101] et l'eau [102] en sont bonnes pour les tranchées [103] des petits enfants. C'est la nourrice qui doit s'en servir. Carminatif, digestif, purgatif ; en lotions, améliore la vue ; infusé dans du vin avec du safran, guérit les ophtalmies ; des fragments de cette plante, macérés [104] dans l'eau et introduits dans les narines, guérissent les ulcères du nez.

Anis sauvage. — Chaud et humide, ♎. Mêmes propriétés un peu moins toniques.

Aristoloche, ou Sarrasine. — Froide et sèche, ♃, ♍, surtout par ses feuilles et ses racines ; ou ♓. Toutes les espèces en sont détersives et vulnéraires [105].

---

les principes médicamenteux. Cette tisane se fait par infusion.

101   Une huile médicinale est la combinaison d'une huile fixe avec une huile volatile, ou dissolution de diverses substances médicamenteuses dans l'huile fixe. Huile d'absinthe. Huile de fleur d'orange.

102   Eau, liqueur artificielle extraite de diverses substances ou préparée avec diverses substances. Une eau d'anis est une eau dans laquelle on a fait bouillir de l'anis.

103   Douleurs aiguës qu'on ressent dans les entrailles.

104   Terme de pharmacie. Opération qui consiste à laisser séjourner, à froid, c'est-à-dire à la température atmosphérique, un corps solide quelconque dans un liquide qui se charge des principes solubles de ce corps.

105   Qui est propre à la guérison des plaies ou des blessures. Plante vulnéraire. Eaux vulnéraires, eaux extraites des herbes vulnéraires.

Paracelse l'emploie avec l'essence de térébenthine et les vers de terre : en eau distillée, ou en cataplasme avec la grande consoude et l'aloès. Elle est aussi détersive, pulmonaire, diurétique et menstruelle. En lotion [106] dans du vin elle dessèche la gale [107] et lave les plaies. La fumée de ses graines soulage les épileptiques, les possédés et ceux à qui on a noué l'aiguillette (Apulée).

Armoise (V. Herbe de la S. Jean).

Armoise rouge. — Chaude et sèche, ♈, se cueille après la pleine ☽ qui termine les jours caniculaires. Consacrée à saint Jean-Baptiste, bonne contre les charmes, la foudre, les mauvais esprits, l'épilepsie et la danse de Saint-Guy [108].

Arnica Montana. — ☉ Tabac des Vosges, plantin des Alpes, Bétorne des montagnes, herbe aux chutes, herbe aux pécheurs. — Une des douze plantes des Rose+Croix ; base du vulnéraire ; peut empoisonner.

---

106   Opération par laquelle on débarrasse une substance insoluble des parties hétérogènes interposées. On nomme aussi lotions, les liquides dont on se sert pour laver une partie.

107   Maladie cutanée et contagieuse caractérisée par de petites vésicules, la présence d'un insecte nommé acarus ou acare, et de grandes démangeaisons.

108   Terme de médecine. Danse de Saint-Guy, nom vulgaire de la chorée, qui consiste en des mouvements continuels, irréguliers et involontaires, d'un certain nombre des organes mus par le système des muscles volontaires.

Arrête-bœuf, *remora aratri.* ♂ et ♃. Guérit de la pleuré-sie ; cueillie sous la conjonction de ces deux planètes, en maison X, elle peut servir de talisman contre les hasards de la guerre, les voleurs et les querelles.

Artichaut, *Scolymus.* — ♂ en ♏. Aphrodisiaque. La racine ou la graine cueillie quand ☉ est au 5ᵉ degré de ♎ guérit les flux de ventre ou de sang. L'eau du foin bonne pour les cheveux.

Arum. — ♊ ou ♏. Humide et un peu chaud ; ♂ Emollient.

Asperge. — Chaude et humide. ♈, cueillir le ☉ et la ☽ étant dans ♋. Diurétique et aphrodisiaque. Les pointes calment les palpitations du cœur.

Asphodèle, baton bleu, bâton de Jacob. — ♄. Employée dans les évocations.

Aulne, Vergne, Verne. — ☽. Sert à faire des baguettes magiques ; le charbon fait avec son bois est employé dans les évocations.

Aulnée, Lionne, ail de cheval, helinine. — Contre asthme, phtisie, leucorrhée, dyspepsie [109] ; à l'externe : gale ; la racine surtout.

Avoine. — ☉, ☽. Pour se guérir de la gale, il faut se rouler tout nu dans un champ d'avoine, en arracher une

---

109   Difficulté à digérer.

poignée, s'en frotter le corps avec de l'eau de fontaine, puis faire sécher sur un arbre ou sur une haie ; la gale séchera à mesure ; en cataplasmes brûlants avec du vin contre les rhumatismes.

Azedarach, azevarac, cetarach. — Froid et sec ; ♉.

❧ B ☙

Badiane, anis étoilé : carminatif.

Baguenaudier. — Les feuilles sont signées de la ♎.

Balsamier, Baumier. — ☉. Employé pour les parfums.

Bambou noir des Antilles : utilisé à la place de la verveine par les nègres (*Temple de Satan*).

Bananier. — ☽ en ♓. Les fleurs contre blennorrhagie (orient).

Banian. — ♃ dans la ♍. Arbre sacré des hindous.

Barbe-de-bouc. Ipcacidos, ipoacidos. — Chaud et humide ♎.

Bardane, Petite ou Grande, Herbe aux teigneux, glouteron, copeaux. — Froide et sèche. ♊ ou ♒, ♄. Les fumigations[110] de ses semences ont les mêmes proprié-

---

110   Action d'exposer à des fumées, à des vapeurs le corps ou une partie du corps. Fumigations aromatiques, sulfureuses.

tés que la décoction du pollen des fleurs de lis (Porta, Wecker). Agit sur l'excrétion cutanée : maladies de peau, ulcères, goutte, syphilis.

Basilic. — Chaud et sec ; ♌ : ♂ : se cueille lorsque le ☉ dans ♓, et ☽ dans ♋. Emblème de la colère. — Dans cette plante, ♂ s'oppose à ♄ et leur combat est activé par ♀ ; ♀ et ♃ viennent en dernier lieu. — Les sorciers s'en servaient parce qu'elle donne une menstrue lunaire pestilentielle ; mais on peut le travailler de telle sorte que ♀ conduise le venin sous le régime de ♀ ; alors ♂ se transforme en ☉ et le feu colérique de la plante devient un feu d'amour. L'odeur éloigne les moustiques.

Basilic sauvage. — Chaud et sec. ♈. Si on met sous un plat de viande un plant entier, aucune femme ne touchera à ce mets. Porté sur soi, il empêche toute vision infernale (Apulée).

Baumier (V. Balsamier).

Belladone ou Bellédame, Bouton noir, Morelle furieuse. — Froide et humide ♏ ; stupéfiant ; utile dans les contractions spasmodiques, nerveuses, épileptiques.

Benoite, h. de saint Benoît, galiote, bénite ; racine dans du vin excellent fébrifuge.

Betonis, Hoac-huong. — ☉ en ♍. Contre les vomissements de la grossesse (Annam).

Bétoine. — Chaude et sèche, ♓ en ♃. Cueillette après

la pleine lune qui termine les jours caniculaires. Sternutatoire[111] ; ses feuilles purifient le sang ; bonne contre la jaunisse et l'hydropisie, ainsi que contre l'envoûtement.

Bette Poirée. — Froide et modérément sèche. ♍. Cueillie avec ☉ dans ♋, elle passe ♏. Contre entérités.

Betterave. — Humide et froide. ♏ ou mieux ♐.

Bistorte. — Très astringent, contre tous flux, aphtes, etc.

Blé. — ☉ en ♍. — Les grains de blé, rôtis dans leurs épis, aux feux de la Saint-Jean qu'on allume dans nos campagnes le 24 juin, guérissent des maux de dents, préservent des furoncles, etc.

Bleuet. — Froid et humide ♓.

Bois d'aigle, colamban, *qui-nam, Aloexyllon Agallochum.* — ♂ en ♏. Fébrifuge (Annam).

Bouillon blanc, *verbascum ploma*, Molène, h. de saint Fiacre. — Froid et sec, ♍, surtout la feuille ou ♑ ; ♃. Calmant, émollient, vermifuge.

Bouleau. — ♃ en ♐. Les Kamchatdales l'emploient dans une de leurs cérémonies sacrées, la fête des balais ; les sorcières du Moyen Age s'en servaient aussi pour aller au sabbat, pour faire venir la pluie, etc. ♓'odeur de cet arbre est bonne aux mélancoliques et aux victimes de

---

111   Qui excite l'éternument.

sorcellerie. Le jus de ses feuilles empêche les vers de se mettre dans le fromage.

Bourrache. — Chaude et humide, ♊ ou ♃ dans ♒; purifie le sang, diurétique.

Bourse de Pasteur, Tabouret. *Onagollis.* — ♄. Sert aux sortilèges; arrête les hémorragies et la diarrhée. Pilée dans du vinaigre et serrée dans les paumes des mains, elle est bonne contre la blennorrhagie. Tenue dans la main par un homme, ou suspendue au cou pour une femme, elle arrête les flux de sang.

Brunelle, Prunelle, h. du Charpentier, petite Consoude. — Cautérise les plaies, fait mûrir furoncles (dans du vin); contre les hémorroïdes, en manger.

Bruyère. — ♀ en ♐. Bonne pour la divination.

Bryone ou Coulevrée, Psilothron. — ♂ en ♑. — Employée en magie noire.

Bryone blanche. — ♀ en ♌. Plante grimpante; a la vertu de garantir de la foudre (Columelle).

Buglosse, Langue-de-Bœuf. — Sec et froide, ♉ ♃. Purifie le sang; la racine est diurétique; battements de cœur et hydropisie.

Buis. — Chaud et sec, ♌ ou ♎. Se cueille avec ☉ dans ♓ et ☽ dans ♒. Consacré à Cérès, ou à Cybèle parce qu'on en faisait des flûtes.

❧ C ☙

Camélia. — ♍. La plante distillée donne une huile que l'on peut conserver pour alimenter des lampes d'adoration.

Camomille. — Chaude modérément, et humide, ♊ ou ♎ ; ☿. Cueillie sous ♂ conjonction de ☽ et ☉, bonne contre les engorgements des humeurs dans les organes thoraciques, pour l'hystérie, fièvres intermittentes.

Camphrier. — ☽. La résine (camphre) brûlée donne un parfum lunaire.

Cannelle. — ☉ Le cinname ou cannelle est l'écorce du milieu des branches de l'arbre ; il sert comme parfum solaire ; on en tire par distillation [112] une huile ou quintessence rougeâtre, d'un goût très piquant, excellent tonique.

Capillaire, cheveux de Venus, adiantite. — ♄. C'était la couronne de Pluton. Pour les bronches.

Capuchon de moine (*Aconitum napellum*). — Une des douze plantes des Rose+Croix.

Cardamome ou *Paradisi grana* ; ou Maniguette ou graine

---

112   Opération par laquelle on sépare, au moyen du feu et dans des vaisseaux clos, les parties volatiles d'une substance d'avec ses parties fixes.

de Paradis. — La moyenne ou la petite, sont du ☉ dans ♈ ; les graines sont aromatiques, stomachiques, etc.

Carotte — Contre la jaunisse, le carreau des enfants, aphtes, dartres, lait.

Carvi, *Carum* (Lat.) ou *Caron* (Gr.), Cumin des prés. — ☉ dans ♊. La graine sert comme stomachique ; se met dans les aliments. La fumée en est très bonne comme parfum magique.

Cassis. — Le jus des feuilles contre morsures venimeuses.

Casse. — Froide et sèche, ♉ ou ♍. Purgative.

Cataire, Bieith. — ☿. Cueillie sous un aspect favorable, elle peut, si l'on sait en extraire l'arcane[113], donner un regain de vitalité.

Catapultia. — Chaude et sèche. ♈. Se cueille sous ♌.

Cèdre. — ♃. Emblème de l'orgueil.

Centaurée, Siphilon, fiel de terre. — Chaude et sèche, ♌, ♃. Se cueille lorsque ☉ est dans ♉ et ☽ dans ♊ ou à la fin août ou lorsque ♃ est dans ♐ ; avec ♄ et ♂.
La légende prétend qu'elle fut découverte par le centaure Chiron. Contre la jaunisse, la colique, les fièvres bilieuses, la goutte, le scorbut, les vers, les menstrues.

---

113   Terme d'alchimie. Opération mystérieuse. Par extension, remède dont on tient la composition secrète. Ici, on veut parler du « principe actif ».

Antidémoniaque (Pline). Au point de vue magique, C'est une plante dont la vertu s'exalte lorsqu'avant de la cueillir on dit sur elle des paroles incantatoires. Mise dans l'huile d'une lampe avec un peu de sang de huppe femelle, elle procure des hallucinations aux assistants. Si on la jette dans le feu, et que l'on regarde ensuite le ciel, les étoiles sembleront se mouvoir ; si on la fait respirer à quelqu'un, il aura peur.

Cerfeuil. — A l'intérieur, pour les embarras du foie, des seins, de la matrice, de l'hydropisie, à l'extérieur contre tous engorgements.

Cerisier. — ♃ en ♓. Les fruits sont purifiants et rafraîchissants, bons pour combattre les suites de l'ivresse.

Chanvre. — ♄. Le chanvre indien donne un extrait gras qui est le fameux haschich. Cet onguent fumé ou avalé procure des extases mal connues en Occident, mais que certaines sectes musulmanes, bouddhistes et taoïstes de l'Asie utilisent en dosages savants, dans l'étude de la psychurgie [114]. Voyez les livres de Baudelaire, de Guaita, de Bosc, et de Matgioi.

Chardon bénit. — ♂ dans ♌. Se cueille en juin avant l'épanouissement des fleurs jaunes. Fébrifuge plus puissant que la quinine ; se prend macéré dans un petit verre de vin blanc. Diurétique, sudorifique, dépuratif, détersif.

---

114   Terme qui signifie littéralement : « action de l'âme » (du grec *psuchê*, âme, et *ergon*, travail).

La rosée recueillie dans ses capsules est bonne pour les ophtalmies scrofuleuses [115] et catarrhales [116]. Son infusion guérit les ulcères des poumons.

Chardon carliné, *Ixia*. — Si on le cueille à la fin d'octobre, il est alors soumis au ♏, et à ♂. Aphrodisiaque.

Charme. — ☉, ♃. Bon pour tailler des baguettes magiques, pour la divination et la thérapeutique magnétique.

Chélidoine (Petite), *Aquilaris*. — Chaude et modérément sèche ; ♐ ; ☉ : la racine est chaude et sèche, signée du ♈, elle est bonne contre les gangrènes. Cueillie à l'époque convenable, elle sert avec efficacité dans toutes les opérations magiques qui ont pour but d'assurer le succès des entreprises, en particulier des procès. Mise sur la tête d'un malade, il chantera s'il doit mourir, il pleurera s'il doit vivre. — Prendre celle qui croît sur les ruines.

Chélidoine (Grande). Eclaire. — Froide et sèche, ♉, ou ♎. Bonne contre les cors aux pieds.

Chêne. — Froid et sec ; ♉ ou peut-être ♍, ♃. Emblème de la force, considéré comme l'arbre de la science par les Druides. Le chêne est magnétique et attractif, coriace et dur, d'où noir et sombre. Il porte les idolâtries et les

---

115   Gonflement des ganglions lymphatiques superficiels. « *Le phlegme corrompu et pourri fait les scrophules, dites coustumierement escrouelles.* » Ambroise Paré, V, 14.

116   De la nature du catarrhe : flux morbide par une membrane muqueuse. Dans le langage ordinaire : gros rhume.

péchés antérieurs dans la faim infernale de la colère, au sein de la *Turba magna*. — L'écorce est très astringente ; raffermit les muqueuses ; fébrifuge.

Chènevis. — Rhumatisme, blennorrhagie (à l'intérieur).

Cheveu-de-Vénus. — Froid et sec, ♉.

Chèvrefeuille ou *Lilium inter spinas* ou *Materylva* ou *Periclymenum*. — ♀. Dédié à saint Pierre.

Chicorée. — Chaude et sèche ; ♈, ou ♍. Cueillette après la pleine lune qui termine les jours caniculaires. La racine, touchée à genoux, avec de l'or et de l'argent, le jour de la nativité de saint Jean-Baptiste, avant le soleil, et ensuite arrachée de terre avec serment, cérémonies et exorcismes au moyen de l'épée de Judas Macchabée [117] est un remède puissant contre les maléfices.

Cueillie lorsque ♃ est dans ♐, le ☉ dans ♌ et à l'heure de ♀ elle acquiert propriétés vulnéraires et cicatrisantes. Purifie, calme, désobstrue.

Chiendent, froment rampant. — Contre jaunisse, néphrite, gravelle, dyspepsie.

Chou. — ♋ A la fin d'octobre il est signé du ♏. Bon pour les inflammations d'estomac ; les graines sont vermifuges.

Chou rouge. — ☽ et ♃. C'est la meilleure espèce. Mangé

---

117   Thiron d'ap. Pistorius, *Epitome de Magia, c.* 26, 27.

avant un festin, retarde les effets du vin pris en trop grande quantité ; vulnéraire, bon contre la jaunisse et la bile[118]. Son essence est une médecine universelle.

Chrysanthème. — ♀. Bonne contre les sorciers.

Ciboule. — ♂ dans ♏. En décoction, bonne contre l'épilepsie des petits enfants et contre tous les phlegmes épais et gluants.

Ciguë. — Froide, sèche et aussi humide ; ♍ ; ou ♒ ; ♄ ; il faut la cueillir quand ♄ est joint au ☉, alors elle est antiaphrodisiaque, son eau guérit les rhumatismes et empêche la trop grande croissance des seins. Vénéneux. Le suc mêlé à de la lie de vin[119] plonge les oiseaux en léthargie ; en poudre contre plaies cancéreuses.

Citronnier. — ♃. Le citron est signé des ♓ et du ☉. Le suc de la seconde écorce de ce bois constitue un emplâtre[120] très propre à guérir l'inflammation des yeux. Le fruit est un remède contre les suites de l'ivresse et l'empoisonnement par les narcotiques.

---

118   Dans l'ancienne médecine, la bile noire ou l'atrabile était supposée provoquer une forme particulière de folie mélancolique, ou mauvaise humeur. Ce malade se nommait atrabilaire.

119   Lie de vin, composé de couleur rouge qui se sépare du vin et se dépose au fond des bouteilles dans lesquelles il est contenu.

120   Médicament solide et glutineux, qui se ramollit par la chaleur et qu'on applique sur telle ou telle partie du corps, après l'avoir étendu sur de la toile. L'emplâtre contient des graisses, de la résine, parfois de la cire ou de l'argile.

Citrouille. — Calmante, rafraîchissante.

Cive, Civette. — V. Ciboulette.

Coca (*Erathroxylon coca*) ♄ et ☉. — Plante du Pérou dont les feuilles sont puissamment toniques et excitantes. Les injections hypodermiques de leur sel, la cocaïne peuvent devenir, à ce qu'enseigne le savant Stanislas de Guaita, un véritable pacte avec les êtres de l'astral [121].

Cochléaria, h. aux cuillers. — Très tonique ; bon contre toutes les formes de scrofule, pour les gencives.

Cocotier. — ♃ en ♏. Racine diurétique.

Cognassier. — ♃. Junon était couronnée de ses feuilles. Très astringent.

Colchique d'automne, *Diacentauréon*, Tue-chien, Dame-nue, Hermodactyle, Veilleuse, Lis vert, safran des prés. ♃ en ♓. Excellent remède contre la goutte ; formait la base de la célèbre poudre du duc de Portland et de l'eau médicinale du Dr Husson. Le Bulbe est très diurétique.

Coloquinte, Handal, Handel. — Chaude et sèche ; ♈. Se cueille sous le ♌ ; C'est une sorte de concombre.

Concombre, Sicyos, Sicys. — ☽ ; ♐ ou ♋. Les semences brûlées servent pour appeler les puissances de la ☽ ; un

---

121   *Temple de Satan*, p. 271. Éditions Unicursal, 2018.

concombre en forme de serpent, confit, trempé dans l'eau, fait partir toutes les punaises d'un lit.

Consiligo. — ♐. Espèce d'Ellébore sauvage. Sa racine est vénéneuse, elle peut servir d'appât pour prendre les loups et les renards.

Consoude royale, Oreille d'âne, Pied d'alouette, Langue de vache, *Aquilina* (Paracelse) — Chaude et sèche, ♈ en ♐ ou ♒. Cueillette après la pleine lune qui termine les jours caniculaires. Consacrée à Junon ou à Lucine ; sa poudre est vulnéraire, antihémorrhoïdale ; Paracelse l'emploie beaucoup avec l'Aristoloche et l'Aloès, l'Hypéricon, l'huile de laurier, etc. Pour prendre les punaises en vie et sans les toucher, on met sous le chevet du lit des feuilles de cette plante, toutes les punaises s'y assembleront. La décoction en compresse est bonne contre les taies ; la racine contre les flux de sang.

Consoude (Petite). — ♃ ♂ et ♀. Elle guérit toutes sortes de plaies, principalement de la bouche ; si l'on frotte les dents malades de sa racine sèche, cueillie en août, jusqu'à ce qu'il vienne un peu de sang, la douleur cesse ; il faut ensuite boucher la dent creuse avec un peu de saule.

Coquelicot, *Rhœas.* — ☽ en ♓. Étant trop flegmatique, il est bon de le corriger par des liquides du ☉ ou de ♀ ; alors, il est rafraîchissant, anesthésique, guérit la pleurésie par son suc ou sa fleur en poudre, et l'érisypèle de la tête par son eau distillée.

Coriandre. — ♀. Aromatique ; s'emploie pour donner bon goût à la bière. Cordial, carminatif.

Cormier. Sorbier. — Chaud et humide. ♏ ; ♃. Le javelot de Romulus était en bois de cormier ; contre-sorts.

Corne de cerf, *Sanguinalis* ou *Sanguinaria.* — ♂. Pulvérisée et infusée provoque les hémorragies.

Cornouiller. — ♏ ou ♃ ou ♂. Consacré à Arès.

Coudrier, Coudre, Noisetier. — ♋ ou ♎ ; ♃ ou ♀. L'esprit de bois de coudrier, fabriqué sous une conjonction de ☽ et de ♀ est excellent pour la vue. Les baguettes cueillies en aspect convenable peuvent servir pour la magie cérémoniale et la rhabdomancie.

Cresson Alenois [122]. — Chaud et sec ; ♈ ou ♐ ; se cueille au commencement d'avril ou sous ♏, Aphrodisiaque.

Cresson de fontaine. — Froid et sec ; ♉. Dépuratif, desséchant, bon pour la teigne [123] et la gale.

---

122   Alénois est une corruption d'orlenois, ♀'est-à-dire cresson d'Orléans.

123   Nom vulgaire de différentes affections cutanées de la tête. On distinguait la *teigne amiantacée* de la *teigne tondante* ou tonsurante. La première consistait en une espèce d'éruption rapportée au pityriasis (affection chronique de la peau caractérisée par une desquamation permanente de l'épiderme) et au psoriasis (inflammation chronique de la peau se présentant d'abord sous la forme d'élevures solides, qui se transforment ensuite en plaques squameuses nacrées). La deuxième, appelée aussi *herpès tonsurant*, était une affection parasitique des poils causée par le *trichophyton tonsurans*.

Crète-de-coq. — V. Amarante.

Cumin sauvage, *Hypecoon.* — Sec, et modérément chaud. ♍ ou ♒; ♄. Les baies sont vermifuges; l'huile des graines est antirhumatismale, prise en très petite quantité; les pigeons en sont très friands surtout arrosées de saumure. Le jus des feuilles tue les mouches (Alexis Piémontois).

Cyclamen, Pain-de-Pourceau, Suffo. *Umbilicus terræ.* La racine est signée de la ♎; la feuille est signée du ♌; la plante était consacrée à Apollon. L'eau de cette plante, avec *foüs serpentinæ* ou *sophiæ Sana,* donne un bon onguent pour les fistules. Pour philtres.

Cynoglosse, *Algeil,* Langue-de-chien. — Chaud et sec, ♈; portée sur soi, elle rompt les préventions et les inimitiés et concilie les sympathies.

Cyprès. — Chaud et sec. ♌. ♄. Se cueille, lorsque ☉ est dans ♓ et ☽ dans ♋; image de la mort; on en couronnait la tête de Pluton. — Sa décoction noircit et conserve les cheveux.

D

Datura, Stramoiné, Chasse-taupe, Endormie, Herbe du diable, Pommes épineuses. — ♄ et ☽. Soporifique; stupéfiant; employée par les Sorciers; éponge à fluides mauvais.

Dictame. — ☉ en ♋. Son nom vient d'une montagne de Crète où elle croissait en abondance ; c'est une plante balsamique, sédative, toujours verte ; les feuilles en compresse sont bonnes pour les femmes enceintes ; les guirlandes qu'on en fait, ou sa fumée, développent la clairvoyance somnambulique ; elle était consacrée à Lucine.

Digitale. — ♂ en ♓. — Soumise à une distillation prolongée, elle donne une liqueur bonne à l'usage externe en lotions astringentes contre les plaies ; et à l'usage interne, à dose homéopathique, contre les battements de cœur, l'oppression, les vomissements incoercibles.

Douce-Amère, Morelle grimpante, vigne de Judée, sauvage : elle dépure par la transpiration, pour toutes les décompositions des humeurs, même cancéreuses, et les fortes contusions (cataplasmes).

❧ E ☙

Edelweiss (*Guaphalium Leontopodium*). — Une des douze plantes des Rose+Croix.

Églantier. — Froid et sec, ♍.

Ellébore, Hellébore, Roseæ Noël. *Offoditius.* — Le noir dont la semence se nomme *Mondella*, est signé du ♑, ou de ♄. La racine pulvérisée sert de parfum dans les opérations magiques correspondantes. Macérée dans de l'esprit-de-vin, puis distillée à feu lent, donne une liqueur à laquelle on ajoute du sucre candi ; prise dans l'eau pure où a trempé de l'hypoglosse [124], ☿'est un spécifique contre l'épilepsie et le mal caduc (Paracelse). ♓'huile de la racine est également bonne.

Le blanc (*varaire, ceratre*), à fleurs rouges, ou *Helebria*, est chaud et sec ; ♈ ; se cueille au commencement d'avril ou sous ♏ ; c'est un sternutatoire ; on le donne aux chevaux et aux brebis galeuses ; purgatif violent.

La meilleure espèce est celle à fleurs rouges tirant sur le blanc, elle doit être cueillie sous un regard favorable de ♃ et de ☽. Bon topique [125] pour les vieillards, les

hydropiques, les lunatiques [126], on l'emploie en poudre sèche ; les mélancoliques [127] obtiennent soulagement en en portant la racine sur eux.

Ellébore ou Hellébore jaune, *Eranthis hyemalis*. Caustique, dangereuse, — emblème de la calomnie.

---

124   Terme de botanique. Qui porte une languette sur le milieu de ses feuilles. Nom du *bislingua* (*ruscus hypoglossum*, L.).

125   Terme de médecine. Il se dit des médicaments qu'on emploie à l'extérieur. Les emplâtres, les onguents, les cataplasmes sont des topiques.

126   Dans le langage de l'Évangile, un lunatique est un fou : « Seigneur, ayez pitié de mon fils, qui est lunatique (Math. XVII, 14) ». On croit toujours à l'influence de la lune sur les maladies mentales.

127   La mélancolie était considérée comme une forme de folie. On dit aujourd'hui dépression.

Encens. — Engendré par le soleil du corps de Leucothoé [128], son amante. — C'est une résine qui donne un parfum solaire, agissant sur le centre animique [129].

Epine-Vinette, *Berberi*. — ♃ et ♂. Guérit la diarrhée, la dyssenterie, l'esquinancie [130], la jaunisse, les flux de sang ; les baies font disparaître les suites de l'ivresse.

Eupatoire. — V. Aigremoine.

Euphraise. — Chaude et sèche. Les fleurs sont du ♈.

Euphorbe. Réveille-matin, Omblette, Lait de couleuvre, Tithymale. — Froide et humide ; ♂, ♏. La tige, réduite en poudre, sert de parfum pour l'appel des influences saturniennes ; il est signé du ♒.

---

128   Fille de Cadmos, nourrice de Bacchus. Elle s'appelait Inô. Épouse d'Athamas, roi d'Orchomène en Étolie. Mère de Léarchos et de Mélicerte. Elle participa au meurtre rituel de son neveu Penthée (fils d'Agavé), roi de Thèbes. Fuyant la fureur de son mari, elle se précipita dans la mer ; mais les dieux touchés de son sort lui donnèrent le nom de *Leucothoé*, après l'avoir admise au rang des divinités marines.

129   Qui se réfère à l'animisme, mais non pas à l'animisme de l'éthnologie contemporaine qui désigne sous ce terme « une croyance ou religion selon laquelle la nature est régie par des âmes ou esprits », mais à une doctrine de physiologie médicale qui, pour expliquer chaque phénomène de la vie et chaque maladie, fait intervenir, dans les corps organisés, considérés comme inertes, l'âme pour principe d'action, pour cause première.

130   Inflammation de la gorge.

❧ F ❧

Farfara. — Chaude, sèche et humide, ♈ ou ♊ ; se cueille sous le ♌.

Fayotier. *Agati Grandflora*, Cay dau dua. — ☉ en ♋. ♓'écorce mastiquée, bonne contre l'asthme.

Fenouil, Aneth. Anis doux, *Marathrum*. — Chaud et humide, ♊ ou ♒. Les ombelles confites purifient l'haleine ; la plante verte distillée donne une eau bonne pour les inflammations des yeux ; en infusion, la plante fait venir les règles.

Fèves. — ♋, ♄ et ☿. Cueillies à la fin d'octobre elles sont soumises au ♏ avec ☿. Le fruit est ♄ et ☽. La décoction de fèves grillées est bonne contre la gravelle et la pierre ; l'emplâtre de leur farine résout les tumeurs des parties sexuelles et fait passer le hâle du visage. Les fleurs portent la marque de l'enfer d'après l'école de Pythagore.

Fève des marais. — ♃ en ♒. Tisane des feuilles contre coliques néphrétiques.

Figuier. — Modérément chaud et humide ; ♒. Le noir est de ♄ ; le blanc de ♃ et ☿. Consacré à Mercure ou à Bacchus par Sparte ; dans l'Inde, il est consacré à Vishnou ; on couronnait Saturne de ses feuilles. Un rameau de figuier cueilli sous un aspect convenable calme les taureaux furieux. Le fruit est émollient ; il est bon contre les cors aux pieds : il suffit d'en enduire le cor pendant plusieurs jours. La *Sycomantie* était une divination par les feuilles de figuier. On écrivait la question sur une feuille, et si la feuille ne séchait pas de suite, c'était mauvais présage.

Fougère mâle ou *Pteris*. — ♐, ♄, et un peu de ♂. La racine en poudre est bonne contre le ver solitaire, et ce remède, indiqué par Galien, fut vendu très cher à Louis XV par Mme Nouffleur : elle sert aussi aux sortilèges, cuite dans le vin, ouvre les obstructions de la rate, guérit la mélancolie, provoque les règles, empêche la génération, symbole de l'humilité, met en fuite les cauchemars, éloigne la foudre, la grêle, les diables, les charmes. — Un brin de fougère cueilli la veille de Saint-Jean, à midi, fait gagner au jeu (J.-B. Thiers).

Fraisier. — ♃ en ♓. Le fruit est adoucissant, bon pour la jaunisse et contre la pierre. Si on prend les feuilles et qu'on s'en fasse une ceinture, les serpents ne vous feront pas de mal.

Framboisier. — Feuilles astringentes pour gargarismes ; fleurs en infusion pour ophtalmies.

Frêne ou *melia*. — Froid et sec, ♉ ou ♏ ; les fleurs sont signées du ♒ ; ♃ ou ☉. Les feuilles, mâchées, sont bonnes contre les morsures des animaux venimeux et contre rhumatisme ; l'écorce est très fébrifuge. — Selon Paracelse, si on en fait cueillir une branche par un garçonnet vierge, lorsque ♄ est dans ♍ cette branche guérit les douleurs, la goutte et dessèche les plaies. La racine fait revivre turquoises.

Fuchsia. — ♀ en ♌. Une des douze plantes des Rose+Croix.

Fumeterre. — ♃, ♄ et ♂. Purgatif, desséchant ; bon contre la gale et la syphilis.

Fusain. — ♃ en ♑. Le bois est bon pour dégager le foie.

❧ G ☙

Garance. — ♃ et ♂. Guérit les hernies ; bonne contre l'hydropisie, la jaunisse, la suppression des mois ; se cueille en mai et juin.

Genêt. — Chaud et sec, ♌. Se cueille ☉ dans ♓ et ☽ dans ♒ ; les baies sont soumises à ♍ et, par suite, vermifuges ; les fleurs sont diurétiques et cardiaques.

Genièvre, Hara, Petrot. — ♀ en ♊. Un rameau de cet arbre fait fuir les serpents parce qu'il porte en plusieurs manières le signe de la Trinité. Ses graines triangulaires ainsi que ses baies, appelées *Ebel* par Rullandus, ou *Harmat*, sont bonnes contre l'hydropisie, la peste, le venin, la colique, la toux, l'asthme, la gale, la goutte. Sa décoction avec celle des fleurs de sureau est bonne contre les hémorroïdes. Son extrait, ou miel, *mel*, excellent contre l'asthme. Sa graine guérit les possédés. Les baies, brûlées dans une chambre, la purifient. ♓'huile de son bois (Huile de cade), contre les rhumatismes, les maladies de peau. Le grand Genévrier donne une résine appelée *Sandaraque*.

Genouillère, ou *Polyenemon*. — ♀. Les feuilles broyées et infusées dans du vin blanc constituent un tonique contre les hallucinations (Dioscoride).

Gentiane. — Chaude et sèche ; ♈ ou ♌, ☉. Se cueille sous le ♌ ou sous le ♉ avec ☽ dans ♊. L'espèce qui croît dans les montagnes servait aux Rose+Croix. Dédiée à Saint-Pierre. La racine est fébrifuge, antiscrofuleuse.

Germandrée. — Froide et sèche, ♉, ♂ et ♃. Purgative, résolutive, diurétique, sudorifique ; appliquée extérieurement, fait cesser les douleurs des hémorroïdes et des fluxions.

Giroflée, Violier, Keiri, Chéri, heirim, ♀.

Giroflier. — Chaud et sec ♌, ☉. Se cueille lorsque ☉ est dans ♓ et ☽ dans ♋. L'essence de Girofle ordinaire sert comme support dans certains travaux de magie pratique ; associe avec du phosphore, elle nourrit les larves ; un clou de girofle conservé dans la bouche est un puissant adjuvant pour l'hypnotiseur ; manger des clous de girofle facilite la conception. L'huile est bonne pour les maux de dents.

Glaïeul, *Xiphidium* ou *Xiphium*.

Glaïeul de rivière. — ♂ dans ♋. Aphrodisiaque.

Glouteron, *Philadelphus* ou Apparine. — ♄ dans la ♍. Sa racine, cueillie en nouvelle lune, le soleil étant dans la ♍, guérit les maux de dents ; cueillie en pleine lune, bon remède contre les inflammations, ses feuilles pulvérisées contre les vieux ulcères.

Gouet (*arum maculatum*). — Bois et baies, âcre, contre asthme.

Grenadier. — ♃ dans ♓. La grenade est soumise au ♈. Son suc purifie le sang.

Gui de chêne, *Luperax*, Dabat, Helle, Hele, Guytama ou Barsome. — Froid et sec ; ♉. Son infusion prise à la fin de l'époque menstruelle facilite la conception (Pline). Les baies desséchées, pulvérisées, et dissoutes dans un vin généreux sont bonnes contre l'épilepsie. Fraîches, facilitent l'accouchement. Les Druides le recueillaient en grande pompe, au temps de Noël, à une heure astronomique précise ; les baies saturées alors du triple magnétisme de l'arbre, des astres et de la foule pieuse, devenaient de puissants condensateurs magnétiques et servaient à opérer des cures merveilleuses dans les cas désespérés. Une branche pendue à un arbre avec une aile d'hirondelle y attire tous les oiseaux. Les baies du gui d'aubépine fournissent une teinture bonne contre les maladies de poitrine.

Guimauve, *Wymauffe* des Flamands. — Son étymologie indique une action qui écarte le mal en mondifiant [131]. En effet, toutes les parties de la plante sont émollientes, employées en tisanes, en cataplasmes, en bains contre les inflammations. Chaude et humide ; ♊ ou ♎. La graine pulvérisée et pétrie en onguent, préserve de la piqûre des insectes, si on s'en frotte le visage et les mains. La fleur, pétrie avec de la graisse de porc et de la térébenthine et appliquée sur le ventre dissout les inflammations de matrice. La racine infusée dans le vin guérit les rétentions d'urine.

❧ H-I-J-K ❧

Haschich. V. Chanvre.

Héliotrope, *Ileos,* Herbe aux verrues, Herbe de Saint-Fiacrhelianthe, tournesol. ☉ en ♌. Consacré à Apollon ; une des douze plantes magiques des Rose+Croix ; si l'on magnétise une somnambule avec une tige de cette plante cueillie au temps convenable, la somnambule donnera des révélations véridiques ; elle peut donner des indications en songe sur les voleurs. Si on la met dans une église où il y a des femmes, celles qui ont été infidèles à leurs maris ne pourront sortir (*Grand Albert*).

---

131   Nettoyant, détergeant. Mondifier un ulcère.

Herbe-au-lait. V. Tithymale.

Herbe-aux-chats. V. Valériane.

Herbe-aux-poux. — ♄. Vomitif, pilée avec de l'huile et employée en lotions, fait mourir les poux.

Herbe de la Saint-Jean, Armoise, *Hypericon*, Millepertuis, *a porros.* — Chaude, sèche et un peu humide ; ☉, ♈ ou ♋ ; cueillie le ☉ et la ☽ étant dans ♋ ou ☉ en ♌ et en bon aspect de ♃. C'était une des douze plantes des Rose+Croix. Si on la cueille le lendemain de la Saint-Jean-Baptiste, quand ce jour tombe dans la nouvelle Lune, on la suspend avant le lever du soleil à des pieux de chêne, dans un champ : il devient alors fertile. On peut se contenter de cueillir l'herbe un vendredi avant le lever du soleil. On en fumige les chambres contre la ligature. En Allemagne hostile aux sorcières lorsqu'il est cueilli la nuit ; le matin de la Saint-Jean on en tresse des couronnes que l'on porte en dansant autour du feu et on les garde comme préservatif.

Dans le Bocage normand, cueillie la veille de la Saint-Jean, elle détruit les maléfices qui empêchent les vaches de donner du beurre. En Allemagne, ni diable ni sorcières n'ont de pouvoir sur ceux qui en portent. Une branche pendue à la porte d'une maison ou enfouie sous le seuil empêche une sorcière d'entrer (contre l'hystérie, l'épilepsie).

En Allemagne méridionale et en Bohème, on s'en fait

une ceinture que l'on jette dans le feu allumé pour le saint et ainsi on est préservé pour toute l'année (*Mélusine*).

Jetée çà et là, au moment des semailles, elle préserve le champ de la grêle.

Son suc est souverain pour guérir les plaies ; son eau est sudorifique, vermifuge ; on en fait des parfums contre les esprits qui gardent les trésors et contre les démons obsesseurs (Raym. Lulle). Un brin mis dans la chaussure préserve des mauvais esprits ; portée à la main ou en teinture, puis en infusion pour se laver les pieds, elle empêche toute fatigue de la marche ; en fumigations, elle délivre les femmes du fruit mort de leur sein ; cuite dans du vin et bue à doses petites et répétées, elle empêche l'avortement ; emménagogue.

Herbes. — Pour arrêter les saignements de nez : Cueillez de la main gauche et sans regarder une poignée d'herbes au hasard, en disant : « Je suis de la Noé, herbe qui n'a été ni plantée ni semée, fais ce que Dieu t'a commandé. » Il faut placer cette herbe sous les narines et le sang s'arrête aussitôt. Pour plus d'efficacité, il faut cueillir l'herbe au clair de lune (Vosges).

Hêtre, foyard. — ♃ ♄. L'écorce des jeunes arbres est fébrifuge, vermifuge, apéritive.

Hièble, petit sureau. — Chaud et sec. ♈. Cueillette après la pleine lune qui termine les jours caniculaires. Les feuilles sont résolutives [132] ; l'écorce purgative.

Houblon. — ♄. ☽. La racine est un dépuratif du sang énergique ; les fleurs sont doucement reconstituantes.

Houx. — ♄ ♂. Si un fiévreux se frotte au premier buisson de houx qu'il rencontre il sera guéri, presque sur-le-champ. L'infusion est sudorifique.

Hysope. — ☉ en ♌. Tonique, chasse les humeurs de résidu. Cueilli avec la main, bon pour les yeux.

Iris. — ♀ en ♎ ; emblème de la paix.

Jacinthe. — ☉ et ♀. Procure l'amitié des grandes dames. — Le suc de la racine empêche le développement du système pileux et recule la puberté. — La racine cuite guérit les tumeurs des testicules.

Jonc odorant. *Acorus Calamus.* — Dans la Prusse orientale, le soir de la Saint-Jean, on en donne aux vaches. En Chine on en dépose près du lit des feuilles liées en paquets ; le cinquième jour de la cinquième lune pour repousser le mal qui pourrait pénétrer dans la maison, on en place des branches et des morceaux de chaque côté de la porte et des fenêtres (Mélusine).

Joubarbe Grande. — ♀ en ♍. Il faut en manger pour

---

132   Se disait autrefois des médicaments qui ont la propriété de faire disparaître les engorgements sur lesquels on les applique.

rompre le nouement de l'aiguillette [133] (J.-B. Thiers). Broyée avec de la farine d'orge et de l'huile, fait disparaître les dartres et autres irruptions de la peau, ainsi que les brûlures.

Petite Joubarbe, orpin brûlant, pain d'oiseau, poivre des murs. — Vermiculaire : cancer, gangrène.

Jusquiame [134], Mansera potelée, hanebane porcelet, h. aux engelures ou Octharan. — Chaude et sèche. ♈ ou ♐ ou ♑, ♄, ♃, se cueille ♄ dans ♏ ou ♈. La décoction de son écorce guérit les maux de dents, sa racine ou sa graine, sur les bubons, les dessèche. Elle les prévient même ainsi que les coliques si on la porte sur soi. A l'intérieur, à l'état naturel, elle provoque des crises nerveuses ; on peut la travailler de telle façon qu'elle donne la mort, même à distance. La plante entière, portée sur

---

133   Nouer l'aiguillette, pratique sorcière. Accomplir un maléfice qu'on suppose capable d'empêcher la consommation du mariage.

134   Le nom de la jusquiame vient du grec ancien *hyoskyamos* (fève de porc) : il s'agit d'une allusion à l'épisode de l'Odyssée durant lequel la magicienne Circé transforma en pourceaux les compagnons d'Ulysse en leur faisant pour cela boire un philtre contenant de la jusquiame. Mais Ulysse était immunisé grâce à un antidote — végétal — dont Hermès lui avait fait présent. On interprète cet épisode comme une métaphore opposant la bestialité (le pourceau) à la raison. Cependant, les solanacées « vireuses », dont fait partie la jusquiame, sont fréquemment évoquées dans les histoires de métamorphoses d'homme en animal. Elles peuvent en effet générer des hallucinations particulièrement puissantes, y compris celle d'avoir pris la forme d'un animal, au point d'en adopter le comportement.

soi, rend aimable, la racine est bonne aussi contre la goutte, le suc est bon contre les douleurs de foie, mêlé avec le sang d'un jeune lièvre et mis dans sa peau, tous les lièvres d'alentour se rassembleront. Les cataplasmes de cette plante sont très bons pour toutes les maladies du sein. La fumée de ses graines porte à la colère.

Kousa. ☉. Herbe sacrée des Hindous. — Elle leur sert de siège dans tous les actes de la vie religieuse et ascétique. Elle a des propriétés magnétiques puissantes, c'est un véhicule universel.

✣ L ✣

Laitue. — ♊ et ☽. Soporifique, augmente le lait des nourrices.

Langue-de-chien. V. Cynoglosse.

Langue-de-cerf. — Chaude et sèche. ♈.

Laurier. — Chaud et sec, ♌ ☉. Se cueille avec ☉ dans ♓ et ☽ dans ♒. Les baies sont ♍, comme vermifuges. Les feuilles mâchées sont bonnes contre les morsures des bêtes venimeuses. — Toutes les parties de l'arbre sont antimicrobiennes. Les devins antiques se couronnaient de ses feuilles et les mâchaient : c'est pourquoi on les appelait Daphnéphages. Il est l'instrument de l'art appelé *Daphnomantie*, par lequel on tire des présages des craquements, des étincelles et de la fumée produits par la consumation de ses rameaux. L'arbuste entier a la vertu d'éloigner la foudre. Étudier à ce propos le mythe de Daphné. Le suc des feuilles, pris à la dose de 3 ou 4 gouttes dans de l'eau, fait venir les mois, corrige les crudités d'estomac, améliore la surdité et les douleurs d'oreilles, efface les taches du visage. Portées sur soi, les feuilles empêchent les visions infernales. Les baies, cueillies à l'heure de ♂ et de ♀, pulvérisées, mises dans du vin, sont bonnes contre les coliques.

Lavande. — Chaude et sèche, ♌. Se cueille lorsque ☉ est dans ♓ et ☽ dans ♋. En fumigation, chasse les mauvais esprits. En vin, réveille la lymphe ; son huile pour les convulsions.

Lichen. — ♄. Emblème de la Solitude.

Lierre. — Froid et sec ; ♉ ou ♐ ; consacré à Mercure, il servait à tresser la couronne de Bacchus ; empêche l'ivresse. Contre les maux de gorge et la mauvaise haleine : Prendre vingt feuilles de lierre et les mettre dans un petit pot avec du vin vieux et un peu de sel. Laisser bouillir le tout, à loisir, puis s'en gargariser avec une gorgée aussi chaude que possible[135] : les feuilles guérissent aussi les suites de l'ivresse. La fumigation de lierre tue les chauves-souris. Au Montenegro, on en garnit sa porte le soir de Noël et l'on est protégé pour toute l'an-

---

135   *Le Bâtiment des Préceptes*, p. 42.

née. Dans l'Allemagne, la première fois que l'on trait une vache au printemps, l'opération se pratique au travers d'une couronne de cette plante.

Lierre terrestre, lierret, h. de Saint-Jean, rondette. Bon pour toutes les affections de poitrine ; adoucit, en cataplasmes, les douleurs de l'enfantement.

Lin. — ♃. Amollissant ; bon pour la pleurésie ; mûrit les ulcères, ramollit les squirres.

Lis, *Augœides* ou *Chrinostates*. — Froid et sec, ♉ ; ♃ ou ♀, mieux ☽. L'oignon est chaud et sec, signé du ♈. Cette fleur est l'image de la création universelle, de la préformation, de l'action du feu primitif sur l'eau mère ; Gabriel la porta dans son message à Marie ; il est l'emblème de la chasteté ; au Moyen Age on croyait son pollen diurétique pour les femmes qui ne gardaient pas leur chasteté. Bon contre les brûlures ; blanchit le teint ; l'extrémité de la racine, écrasée dans la graisse rance, guérit la lèpre (Sainte-Hildegarde). La racine, cueillie en conjonction de ♀ et ☽ dans ♉ ou ♎, et suspendue au cou concilie l'amour ; son eau distillée diminue les douleurs de l'accouchement, les maux d'yeux et d'estomac ; les oignons, pilés et bouillis avec de la mie de pain font mûrir et crever les abcès en peu de temps. — On peut composer avec cette plante des parfums qui rendent la salle où ils sont brûlés, convenable aux manifestations astrales. Si une femme en travail mange deux morceaux de la racine, elle sera délivrée de l'arriè-re-faix et du fœtus mort.

Liseron. — ♀. Dédié à saint Pierre.

Lotos, Lotus. — ☉. Au point de vue religieux, il a le même sens que le lis ; Bhodisât le présente à Maya.

❧ M ❧

Mandragore, Pomme d'amour. *Dudaïm* ou *Jabora* (en hébr.) — Froid et modérément sec ; ♍ ; ♄ ou ☽. Une des douze plantes des Rose+Croix. Elle est maléfique ; peut provoquer la folie à moins qu'elle ne soit corrigée par du ☉ ; c'est alors un bon narcotique. Servait aux Germains à faire les statues des Dieux du foyer qu'ils appelaient Abrunes. Les sorcières l'employaient pour aller au sabbat. Cette racine est un condensateur d'astral des plus puissants ; et la forme humaine qu'elle affecte toujours indique des propriétés toutes particulières et d'une énergie spéciale. Notre ami Sisera en possède une qui représente exactement un père, une mère et un enfant au milieu d'eux. Elle a servi aux théories insanes de certains magiciens qui voulaient y trouver l'élixir de longue vie ou en faire de faux téraphims [136].

---

136   Dans la religion judaïque, les téraphims sont des idoles domestiques utilisées pour protéger les maisons.

Marguerite. — ♒ et ♀. La décoction de la plante tout entière résout les inflammations de la bouche. — Le sel résout les engorgements de la bile ou de la pierre. Manger une pâquerette guérit de la fièvre.

Marjolaine. — Chaude et sèche ♈, ☉ ou ♀. Se cueille au commencement d'avril ou sous ♏. L'huile que l'on en extrait est bonne pour les léthargies et les apoplexies.

Marjolaine bâtarde. — Pelée et réduite en poudre, elle chasse les fourmis de l'endroit où on la met.

Marronnier d'inde. — Son écorce est fébrifuge.

Marrubium. — Chaud et sec ; ♈. Se cueille au commencement d'avril ou sous ♍. Stomachique, emménagogue.

Mauve. — Froide et sèche, ♉ ou ♎. Nos aïeux, amateurs de gauloiseries, se servaient de la fumée obtenue en brûlant cette plante, pour s'assurer de la virginité des filles. — Calmant, résolutif[137] pour toutes inflammations.

Mélilot, *sertula campana,* Trèfle de cheval. — Modérément chaud et humide ; ♒. Bon pour les yeux ; fait circuler le sang.

Mélisse, *Celeivos* ou *Metiphyllum* ou *Melissophyllum,*

---

137   En chimie, signifie : « Qui résout, dissout. » Terme de médecine. Se dit en médecine des médicaments qui ont la propriété de faire disparaître les engorgements sur lesquels on les applique. H. de Mondeville : « Emplastre de mauves resolutif et maturatif (XIVᵉ s.) ».

Citronnelle. — ☉ et ♃ : Les femmes inspirées des temples antiques s'en servaient comme breuvage dynamisant : ♆'eau de mélisse mélangée avec l'*abrotanum* et l'émeraude préparée est bonne pour les douleurs de couche (Paracelse), elle aide à l'expulsion de l'arrière-faix. Les fleurs sont antispasmodiques ; cordiales, hépatiques, ophtalmiques. Portée sur soi, elle rend aimable : attachée au cou d'un bœuf, elle le fait vous suivre partout.

Menthe. — Chaude et sèche, ♈ ou ♌ ♃ ou ♂. Cueillette après la pleine lune qui termine les jours caniculaires ; ou ☉ dans ♌ avec ☽ dans ♍ ; ou enfin ☉ dans ♉ avec ☽ dans ♊. Offrande aux morts ; Hédyosmos des Grecs ; fille du Cocyte aimée de Pluton, changée par Proserpine.

Menthe noire. — Chaude et humide ; ♎.

Mercuriale ou phyllum foirelle, ortie bâtarde. — Froide et humide ; ♏. Le jus, pris en décoction par une femme pendant quatre jours facilite la conception d'un enfant mâle, si on a employé un plant mâle, d'une fille, si on a employé un plant femelle. Purgative.

Mescal. — Feuilles desséchées d'un cactus, le *Anhalonium Lewinii* ; les Indiens du Texas et du Nouveau-Mexique se procurent, en mastiquant cette substance, des hallucinations visuelles.

Mille-feuilles, h. aux coupures, h. aux charpentiers, sour-

cil de Vénus. — Chaude sèche et un peu humide. ♈.
Cueillir le ☉ et la ☽ dans ♋. On le nomme aussi joubarbe aquatique ou *Militaris* ou *Stratiotes*. Arrête le sang;
bonne pour l'utérus et les douleurs de dents.

Mille-pertuis. Herbe de la Saint-Jean, aux piqûres, chasse-
diable.

Molène. Herbe de Saint-Fiacre. — ♎. Les feuilles émollientes ainsi que les prières à ce saint apaisent les coliques.

Morelle noire, crève-chien, raisin de loup. — Pour toutes
plaies suppurantes et furoncles.

Mouron. — ♊ ou ♋, ♎; si on le cueille à la fin d'octobre
♏, ♃. Pour l'entérite.

Mousse, Serpigo, ♄. — Sa décoction fait croître les cheveux, affermit les dents, arrête les saignements; celle
qui est récoltée sur les arbres lunaires, cuite dans du
vin, est diurétique et somnifère.

Moutarde. — ♂. La graine symbolise le Christ et l'omniscience. La noire est antiscorbutique.

Muguet (petit) ou Caille-lait. — Externe: scrofule; interne: hystérie.

Mûrier. — Froid et sec. ♄, consacré à Mercure. Les mûres
sont signées de ♃; les rouges sont apéritives et purgatives; les vertes sont bonnes aux fluxions, aux dysen-

teries, crachements de sang, inflammations de la bouche.

Myosotis, Oreille-de-souris, oreille de rat. — Ne m'oubliez pas. — Froid et sec, ♉.

Myrrhe. — ♀. Cette résine, dit la mythologie, fut produite par les larmes de Myrra, mère incestueuse d'Adonis. La myrrhe absorbée dans l'alcool prolonge la vie (Van Helmont).

Myrte. — Froid et sec; ♉, ♀. Consacré à Vénus et aux dieux lares [138]. Image de la Compassion. Feuilles tressées en couronne, guérissent les tumeurs. Les vapeurs de son infusion, aspirées par la bouche, chassent la migraine. Le fruit desséché, pulvérisé et confit avec du blanc d'œuf, puis appliqué en forme d'emplâtre sur la bouche et sur l'estomac, arrête les vomissements.

❧ N ☙

Narcisse, *keiri*. — Froid et sec; ♉ ou ♏; ♀; de *Narké* (grec): Engourdissant; on l'offrait aux furies, à Pluton. — L'eau distillée de sa racine augmente la sécrétion du

---

138   Dieux choisis pour patrons et protecteurs d'un lieu public ou d'une maison. Les Lares qu'on appelait domestiques ou familiers avaient leurs statues en petit modèle auprès du foyer; on en prenait un soin extrême; certains jours, on les entourait de fleurs, on leur mettait des couronnes et on leur adressait de fréquentes prières.

sperme ; en lotion elle affermit les seins ; portée sur soi, elle attire l'amitié des vierges.

Navet : ☽ en ♑. — Cuit sous la cendre, appliqué derrière l'oreille, calme les douleurs de dents.

Nénuphar, *nymphéa*. — Froid et humide ; ♊ ☽ et ♀ ; emblème de la charité ; cueilli en juin et en juillet, il guérit les migraines, les vertiges ; mêlé avec une plante ♄, guérit la blennorrhagie ; arrête les mouvements de la chair. Sa racine arrête les flueurs blanches et rouges. Cueilli sous des influences favorables de ☽ et de ♄ : on peut en faire des breuvages antiaphrodisiaques d'un effet très sûr.

Nerprun ou Rhammus. — Chaud et sec ♎ ; consacré à Saturne. — Servit à tresser la couronne d'épines du Christ, symbolise la virginité, le péché, le diable, l'humilité ; ses branches suspendues aux portes et aux fenêtres d'une maison paralysent les efforts des sorciers et des démons. — Purgatif.

Noisetier. — ♀. Les noisettes peuvent guérir les dislocations des membres par sympathie, si la volonté de l'opérateur est assez forte, en faisant joindre deux amandes et en les portant sur soi.

Noix muscade. — Chaude et sèche. La fleur est fortement signée du ♈. Facilite la conception. La noix elle-même prise à jeun, retarde l'ivresse du vin.

Noyer ou *Ligni Heracléi*. — ☽ dans ♐. La noix est signée du ♐. L'écorce de la racine est un contrepoison et un vomitif ; guérit les inflammations de la bouche. La décoction de feuilles prise à la dose d'une tasse matin et soir, est excellente contre scrofules, éruptions cutanées, tuméfactions. Il faut continuer le régime longtemps. Cette décoction est également la base d'une méthode pour guérir la syphilis ; mais il faut un malade doué d'une vitalité très énergique. L'odeur des feuilles attire les puces.

❧ O ☙

Oignon. — ♐, ♂. Aphrodisiaque, diurétique et menstruel quand on en mange avec un sympathique. Son correctif est le vinaigre (♄). Contre le mal d'oreille : on fait cuire un petit oignon sous la cendre, on le met dans un linge fin avec un peu de beurre frais sans sel et on applique le tout dans l'oreille, le plus chaud possible, pendant une minute.

Olivelle. — Chaude et sèche ; ♈ se cueille sous le ♌.

Olivier. — ♃. ☉. Consacré à Minerve ; emblème de la Paix. L'huile est un condensateur puissant de lumière ; elle sert beaucoup dans la médecine magique. Deux doigts d'huile d'olive, pris à jeun, empêchent l'ivresse. Si on écrit le mot Athéna sur une feuille d'olivier et qu'on se l'attache à la tête, la migraine disparaîtra.

Oranger. — ⊙. Emblème de la chasteté. Les oranges guérissent les effets des festins trop prolongés. Pour guérir la métrorrhagie [139], prenez sept oranges, faites en cuire l'écorce dans trois chopines d'eau jusqu'à réduction d'un tiers, sucrez douze cuillerées trois ou quatre fois par jour.

Oreille d'âne. — ♃ en ♊. Elle arrête le sang dans les blessures et les vomissements; bonne pour les ulcères des poumons, les fractures, les rhumatismes.

Oreille d'ours. — Se cueille quand ♂ est en bon aspect avec ♃. Cicatrisante.

Orge. — ⊙. Les épis, *Yava* (sanskrit) sont offerts par les Brahmes, en sacrifice aux dieux et aux sept princes spirituels. — Rafraîchit le sang, diurétique.

Origan, marjolaine sauvage. — ♂ ♀. — Stimulant; emménagogue; contre les rhumatismes.

Orme, ormeau. — ♃ ♂. — La deuxième écorce en décoction contre la sciatique.

Orpin, h. à reprise, h. au charpentier — Cicatrisant.

Ortie, *Roybra*. — Chaude et sèche, ♌, ♂, emblème de la luxure. Se cueille avec ⊙ dans ♌ et ☽ dans ♍, ou ⊙ dans ♉ et ☽ dans ♊. L'espèce qui n'a pas de mauvaise odeur

---

139   Hémorrhagie de la matrice.

ramollit les tumeurs, guérit la goutte, l'asthme. Il faut la cueillir quand ♂ est à l'orient, dans ♏ ou ♑.

Portée sur soi, donne du courage ; une ortie mise dans l'urine fraîche d'un malade et laissée pendant 24 heures indiquera, si elle est desséchée, que le malade mourra, si elle est encore verte, qu'il vivra. Le suc mêlé à celui de la serpentaire, si on s'en frotte les mains et qu'on jette le reste à la rivière, on prendra beaucoup de poissons à la main. La semence cuite dans du vin guérit la pleurésie et l'inflammation des poumons : les feuilles broyées arrêtent la gangrène ; la décoction de la semence guérit l'empoisonnement par les champignons.

Oseille, surelle. — Chaude et humide ♊ ou ♍. La racine, coupée en petites rondelles, trempées pendant 48 heures dans du fort vinaigre blanc, s'emploie en lotions contre les dartres. La graine, recueillie par un garçon vierge, empêche les pollutions nocturnes. — Dépurative, rafraîchissante.

❧ P-Q ❧

Pain de pourceau. — V. Cyclamen.

Palma-Christi. — V. Ricin.

Palmier, *Pourkes*, *Tadmor* ou *Tamar* (Hebr). — ☉, consacré à Jupiter, emblème de la victoire, en particulier du triomphe mystique ; il se développe comme ce dernier du dedans au dehors.

Pâquerette des champs. — ☉ ♀. — Bonne contre les contusions, le scrofule, les loupes [140].

Pariétaire, Perce-Muraille, Herbe de Sainte-Anne, de N.-D., Épinard de muraille. Casse-pierre. — ♄ ou ♎ ♒ ; dédié à saint Pierre, emblème de la pauvreté. Bonne pour les maladies inflammatoires, les hydropisies, la gravelle ; ou emploie son suc à la dose de 30 à 60 grammes par jour. En cataplasme sur les tumeurs douloureuses et pour les coliques infantiles.

Pas d'âne, Tussilage ou *populago*, Peuplier feuillu. Cueillette après la pleine lune qui termine les jours caniculaires. Une des douze plantes des Rose+Croix.

Patience, parelle des marais, osielle aquatique. — Dépurative ; contre jaunisse et maladie de la peau.

Pavot ou *mecon*. — ♄ et ☽ ; emblème de la paresse. Les fleurs sont signées de ♄ dans le ♈ — Le suc de la plante tue les mouches (Alexis Piémontois).

Pavot cornu. — Froid et humide : ♊.

Pêcher. — ♃. Consacré à Harpocrate. Quelques amandes, prises à jeun, préviennent les effets de l'ivresse ; un verre de jus de feuilles de pêcher produit le même effet.

---

140   Tumeur indolente, enkystée, qui vient sous la peau et contient une matière pultacée (qui a la consistance de la bouillie).

Les feuilles confites dans le vinaigre avec de la menthe et de l'alun, puis appliquées sur le nombril, sont un vermifuge infaillible pour les enfants.

Pensée sauvage, violette tricolore. — Dépurative ; gourmes des enfants.

Perce-muraille. — V. Pariétaire.

Persicaire. — V. Renouée.

Persil. — ♊ ; ♄, et ☉. La graine est soumise au ♋ ; cueilli avec ☉ dans ♉ et ☽ en décroissante, dans de la limonade, est cicatrisant, anti-goutteux, purgatif ; si on en tire de l'huile pour s'en frotter le nombril, les douleurs de la pierre sont soulagées ; lorsque ♄ est dans ♌ et ☽ sous l'horizon, guérit l'hydropisie. Rétablit le cours menstruel s'il est pris en infusion ou en huile (*apiol*), également bon contre les pâles couleurs.

Pervenche, *Herisi*, Violette des sorciers. — Froide et sèche, ♉. L'eau distillée magnétisée d'une certaine manière prouve aux époux la fidélité de leur conjoint. Réduite en poudre avec des vers de terre, donne de l'amour à ceux qui en mangent avec de la viande. Mêlée à du soufre et jetée dans un étang, on fait mourir tous les poissons. Jetée dans le feu, le rend bleuâtre ; donnée à un buffle, le fait crever de suite. Bonne pour la gorge.

Peuplier. — ♃ ; consacré à Hercule. ♓'espèce blanche croissait sur les bords de l'Achéron, elle était, selon Homère, consacrée aux dieux infernaux.

Pimprenelle. — Guérit les maléfices lorsqu'on se l'attache au col. Le jus tue les mouches. En mâcher en temps de peste.

Pin, Pencé ou Pitus, *Pinus* (lat.), *Beann* (celt.). — ♄ dans le ♋; consacré à Cybèle et à Pan. C'est une des essences arborescentes les plus antiques de la terre. La pomme de pin est signée du ♈; elle sert à révéler le nombre mystique d'une personne. Pour cela, il faut, de grand matin, après s'être purifié, assister au lever du soleil dans un bois de pins; dès que le disque a paru à l'horizon, il faut commencer à marcher en faisant un cercle aussi grand que possible de façon à être revenu au point de départ quand le soleil est visible tout entier; le nombre de pommes de pin que l'on a aperçues sur le sol pendant cette marche sera votre nombre mystique, ou le nombre gouvernant telle question ou tel événement en vue de qui l'opération a été faite.

Pissenlit, dent de lion. — Tonique; à l'extérieur, contre les dartres.

Pivoine, ou *Paeonia* (de Paeon). — Chaude, sèche et un peu humide ♈ ou ♋; ♃ ou ☉, cueillir, ☉ et ☽ étant dans ♋. La fleur et surtout le calice sont signés du ♈. L'eau distillée prise quand ☽, ♂, ♃ dans ♋; bonne pour épilepsies et crises menstruelles; pour l'épilepsie des petits enfants, il suffit de recueillir les premières graines portées par un jeune plant, de les suspendre à leur cou, de leur en administrer la décoction; soulage aussi tous les maux de tête, et dans l'accouchement. Empêche les sorts et les frayeurs subites.

Plantain ou *polyneuron*. — Chaud, sec et un peu humide ; ♈, ou ♌ ; ☉. Cueillir avec ☉ et ☽ dans le ♋ lorsque ☉ est dans ♓ et ☽ dans ♋. Les racines sont bonnes contre migraines et ulcères, et les flux menstruels trop abondants ; la plante entière guérit les maléfices et la jaunisse ; les feuilles broyées en cataplasmes guérissent les ulcères ; la semence broyée dans du vin ou les feuilles confites dans du vinaigre arrêtent la dysenterie. Mangée crue après du pain sec et sans boire, elle arrête l'hydropisie ; la racine infusée dans du vin, contrepoison de l'opium ; l'eau, pour les yeux.

Platane ou Plane. — ♃. Consacré au génie de celui qui l'a planté.

Poireau, Porreau, *Scorodo prasum*. — ♊ ou ♏, ♂ et ☽. Mêlé avec un aliment sympathique, il est diurétique et provoque les règles. Sa graine fait revenir le vinaigre gâté ; cuit, excellent pour la pleurésie.

Poivrier. — Chaud et sec, ♌, ♂ ou ☉. Sert comme parfum.

Polypodium. — ♄ ; ♀ et ☽. La poudre de sa racine est bonne contre les polypes du nez, la fièvre quarte ; en fumigation, elle chasse les cauchemars.

Pommier. — Froid et modérément sec, ♍. Consacré à Cérès ; le bois est ♏, ♃ : le fruit est signé de ♀ ; lorsqu'un amoureux rêve qu'il en mange, c'est qu'il sera heureux prochainement. La pomme porte le signe de la chute d'Adam.

Potentille, Argentine, Aigremoine sauvage, bec d'oie. — Arrête tous les flux qui viennent de la faiblesse des organes : intestins, matrice, vaisseaux sanguins ; contre scorbut, hydropisie, jaunisse.

Pouliot aquatique. — Chaud et sec ; ♈.

Pouliot sauvage, Menthe sauvage, Menthe pouliot. Herbe de Saint-Roch. — Consacré à Cérès. La variété à fleurs jaunes est purgative, bonne contre la gale ; le jour de Saint-Roch, on en bénissait des touffes que l'on attachait dans les étables.

Pourpier. — ♋ ou ♎ ou ♓. Empêche les suites de l'ivresse. Les fumigations de ses graines ont la même vertu que le pollen du lys (Porta, Wecker). Le suc mêlé avec du vin cuit est le contrepoison de la jusquiame. La semence, broyée et mangée avec du miel, bonne contre l'asthme. Si on met cette plante dans son lit, on n'aura pas de visions.

Primevère ou *Paralysis herba* ou *paralytica*, Primevère officinale, Coucou, Himmelsosei (Sainte Hildegarde). — Dédiée à saint Pierre. ♀ en ♎, chasse la mélancolie ; son sel est un purgatif doux ; guérit en même temps les inflammations de la bouche et de la langue.

Prunellier. — Le fruit est soumis au ♊ ; l'arbre à ♏, il fait disparaître les suites de l'ivresse.

Prunier. — Sec et modérément, froid ♍ ; le bois de cet arbre est ♏, ♃.

Pulmonaire, h. de cœur, h. aux poumons. — ♀ et ♄. La fleur rafraîchit et dessèche ; pour l'usage externe, elle est utile aux plaies.

Quinte-feuille, Pipeau, *Potentilia reptans*, *Pedactilius*, *Pentaphyllon*. — ♀. La racine guérit les plaies et les dartres [141] en emplâtre ; elle enlève les écrouelles, lorsqu'on boit son suc dissout dans l'eau ; elle apaise les maux de dents. Portée sur soi, elle donne de la chance, permet de se faire écouter des grands et ouvre l'entendement (*Grand Albert*).

❧ R ☙

Raifort, moutarde des Capucins, rave sauvage. — ♐, ♂. Antiscorbutique, diurétique.

Raiponce. — ♋ et ♏ si on la cueille à la fin d'octobre.

Raisin de Chine. — ♄. La poudre est spécifique, pour les hémorragies, les dysenteries.

---

141   Maladie généralement chronique de la peau. Dartre vive. Dartre farineuse. On dit aujourd'hui eczéma.

Rave. — ♏, ou ☽ en ♓. La graine est aphrodisiaque ; diurétique, contre-poison, et bon contre la petite vérole.

Réglisse, bois doux. — Diurétique, adoucissant.

Renoncule. — Chaude et sèche, ♌ ; se cueille lorsque le ☉ est dans ♌ avec la ☽ dans ♍ ou le ☉ dans ♉ avec la ☽ dans ♊.

Renouée ou *Molybdena*, Persicaire, traînasse, herbe à cochons, Proserpinaco, Seminalis Corrigiole, sanguinaire, langue de passereau. — ♃ ou ☉. Si on en applique les feuilles sur une plaie contuse, si on les met ensuite dans un lieu humide, la guérison s'opère magnétiquement. Guérit les douleurs de cœur et d'estomac. Son infusion est bonne pour l'amour, contre les engorgements de poumon et la mélancolie ; la racine portée sur soi guérit le mal d'yeux. Astringent.

Réséda, Herbe de Saint-Luc. — ☉ et ♀. La voyante Catherine Emmerich affirme que cet évangéliste s'en servait trempée dans l'huile pour faire des onctions ou desséchée, en infusion. A, en mystique, un rapport tout particulier avec la Vierge Marie (Catherine Emmerich), symbole de la douceur.

Rhubarbe, Ramed Raved. — ♃, et ♄. Purgative, guérit la jaunisse.

Ricin, *Palma Christi*, *Pentadaclylon*. — Chaud, humide, ♈ ou ♊. Se cueille sous le ♌. Empêche la fascination, l'envoûtement et les frayeurs subites.

Rognon-de-prêtre. — V. Satyrion.

Romarin ou *Libanotis*, Encencier. — Chaud et sec; ♈;
☉ ou ♃ se cueille au commencement d'avril ou sous
♏; consacré aux dieux lares. Paracelse appelle sa fleur
Anthos. L'huile des fleurs est blanche, transparente;
aromatique et vulnéraire.

L'eau des mêmes fleurs est la fameuse eau de la reine de
Hongrie. Ses fleurs bouillies dans du vin blanc, en lotions, rafraîchissent le visage et en gargarismes, parfu-
ment l'haleine. Bonne comme détersif contre la lèpre,
la syphilis, les plaies.

Ronce de buisson, mûres de renard. — ♒; Consacré à
Saturne; emblème de l'envie; les feuilles bonnes pour
la bouche.

Roseau, *Kanech*. — ☽. Pour guérir les dislocations de
membres, prendre deux roseaux, les faire emboîter l'un
dans l'autre et les porter sur soi; il faut seulement une
volonté ferme.

Roseau aromatique. — Un peu froid et sec, ♍, ☉.

Rosier, *Eglesira*. — Froid et sec; ♉; ♀ et ♃. La Rose est
une fleur initiatique, l'une des douze employées par les
Rose+Croix, emblème de l'amour, de la patience, du
martyre, de la Vierge.

En sirop ou en infusion, on l'appelle *Mucarum* ou
Mucharum; facilite la conception si les fleurs em-

ployées sont rouges. L'eau distillée des fleurs est bonne pour tous les écoulements vénériens et pour les ophtalmies ; on peut en composer un parfum et une liqueur qui prépare l'âme intellective aux révélations d'en haut. Une graine avec une graine de moutarde et le pied d'une belette, pendus à un arbre, le rendent stérile ; la même composition fait reverdir en un jour les choux morts ; dans une lampe, donne des hallucinations.

Rose de Jéricho. — Mêmes signatures avec une action particulière de ♄ dans ♋. Si une femme enceinte la met dans l'eau et qu'elle s'y épanouisse parfaitement, la femme aura un heureux accouchement (*Trad. provençales*, J.-B. Thiers).

Rüe sauvage ou *Peganum*. — Chaude et un peu sèche ; ♓ ou ♎ encore ♐ ; ♄ ♂ et ☉. Pilée avec de la sauge dans du vinaigre, elle guérit la fièvre quarte ; vermifuge, contre la chlorose. Ses graines se nomment *Harmel* ; on croit qu'elle était le *moly* dont Mercure fit prendre à Ulysse contre les breuvages de Circé. Si on la cueille lorsque ♄ est faible et le ☉ en maison X, elle préserve des sorts. — Un brin de rüe attaché sous l'aile d'une poule la préserve du chat et du renard. Lorsqu'on arrose une chambre de sa décoction mêlée à de l'urine de jument, les puces en disparaissent aussitôt (Pline). Emménagogue.

❧ S ☙

Sabline rouge, *Arenaria rubra*. — Pl. grise, petites touffes, fleurs rouges, 5 sépales, 5 pétales, 10 étamines, 3 styles ; capsulaire fleuri d'avril à septembre. En infusion à 40 grammes par litre, évacue les graviers[142], calmant des coliques néphrétiques.

Safran. — Chaud et sec, ♌ ou ♐, ☉. Se cueille lorsque le ☉ est dans ♓ et la ☽ dans ♋.

Salsepareille. — La racine ♀ dans ♋. Son infusion est dépurative, sert contre les maladies de Vénus et l'obésité.

Santal, Santal blanc. — ☽. Parfum lunaire ; l'huile purifie les virus toxiques du sang.

Santal rouge. — Chaud et sec, ♌. Bon contre les hémorragies.

Saponaire, herbe à foulon. — ♄ Dédiée à saint Pierre. Excellente pour la syphilis.

Sarrasine. — V. Aristoloche.

Sarriette. — ♀ en ♌. L'eau des feuilles tue les mouches (Alexis Piémontois).

Satyrion, rognon-de-prêtre. — Froid et humide, ♏ ou ♀ en ♌. Aphrodisiaque ; Kircher raconte dans son *Ars magna*, tome II, 2 ch. 5, l'histoire d'un jeune homme

---

142   Petite pierre qui se trouve dans le sédiment des urines.

atteint de satyriasis [143] en se promenant dans un jardin rempli de cette plante.

Sauge officinale. *Coloricon*, thé de France. — Chaude et sèche, ♈, ☉. Son nom vient des deux mots tudesques *Sol-heil*. Les feuilles sont vulnéraires. ♓'arcane qu'on en peut extraire est revivifiant et régénérateur. Sa semence, nommée *Ebel*, en infusion, facilite la conception.

Sauge des Bois. — Froide et sèche, ♍ ou ♒.

Saule, *Fitea*, pour *Fitegae* du grec éolien ; *Wida* en tudesque. — ♄ en ♋ ; les feuilles sont signées du ♐. Les graines et l'huile qu'on en extrait sont antiaphrodisiaques, astringentes, vermifuges ; servait aux anciens Germains pour la *Rhabdomancie* ; et aux sorciers comme baguette divinatoire pour découvrir les trésors ; empêche, si on en porte sur soi, les visions infernales.

Saxifrage. — ♋ ♎ ; ♒ ♄. Les semences servent, prises dans le jus de la plante, à dissoudre les calculs de la vessie.

Scabieuse, Mors du diable, herbe au charbon. — Froide et sèche ; ♉ ou ♎ ; ♀. Les fleurs sont signées du ♈. Pour l'asthme, chancres.

Sceau-de-Salomon, *Secacul*. Muguet anguleux, genouillet, signet. — Froid et sec, ♉ ou ♍ ou encore ♑. Pour les panaris, morsures de vipères.

---

143   « Satyriasis, maladie ainsi appelée à cause que l'on a toujours la verge tendue comme les satyres, » Ambroise Paré, Introd., 21.

Scille. — Contre l'hydropisie.

Scolopendre, *Phillytis.* — Froide et sèche ; ♉ ; ♋ ou ♎ ♄.

Scrofulcire, h. aux hémorroïdes. — Froide et sèche ; ♉, ♋ ou ♎. Si on la cueille à la fin d'octobre, elle est alors signée du ♏. Feuilles contre maux blancs [144].

Séné. — ☉, ☽ et ♄ ; la décoction en est purgative.

Serpentaire. — Froide et sèche ♍, ou ♒ ♄ ☿ ; en la mâchant ou en mettant le jus sur la blessure elle guérit la morsure des serpents. L'odeur de la racine est la plus efficace pour charmer les serpents. Bonne en gargarisme pour les accidents des organes respiratoires. C'est une des plus qualifiées pour devenir un accumulateur de fluides astraux, sous l'une quelconque de ses formes.

Serpentine. — ♒ ; ☿. Consacrée à Saturne. Bonne contre l'asthme ; mise sur la tête, empêche de dormir ; voyez ortie.

Serpolet. — ♀. Contre morsures de Serpent.

Sésame. — *Tila* en sanscrit. ♃. — Les graines sont employées par les Hindous dans leurs sacrifices domestiques aux mânes des ancêtres, ou Pitris.

Soleil. V. Tournesol.

---

144   On rangeait sous la catégorie de maux blancs : abcès, furoncles, panaris, acné, etc ?

Souci. — Les fleurs bonnes pour la peste ; les feuilles pour les cicatrices, les indurations.

Stramoine. V. Morelle furieuse, *Datel, Tatel.*

Sureau. — Chaud et sec, ♈ ☿. Se cueille sous ♌. Il'est l'emblème du Zèle. ☿. L'huile tirée de ses graines, ou dans laquelle on les fait infuser est bonne contre la goutte ; le gui de sureau, qui croît auprès de saules, est spécifique contre l'épilepsie ; les fleurs guérissent l'érisypèle et les brûlures ; la graine est sudorifique ; son écorce est bonne pour l'hydropisie. Un petit scion cueilli un peu avant la nouvelle lune d'octobre et mis en neuf morceaux est excellent pour l'hydropisie de même que sa racine, cueillie en tirant en bas, le jour de Saint-Jean-Baptiste, à midi. Ħ'eau des feuilles tue les mouches (Alexis Piémontois).

❧ T ❧

Tabac. — ☽. La distillation donne un vomitif puissant, et une liqueur astringente bonne pour les dartres. Fumé, dans une pipe, il prédispose au calme et peut devenir un support pour la contemplation.

Tabouret. — V. Bourse du Pasteur.

Tamarinier. — ♄ ☽. Le fruit en est ☉. Le vin dans lequel on a infusé du bois de cet arbre, guérit les maux de rate, ainsi que la lèpre, les douleurs de dents. L'espèce dont les fruits sont aigres et noirs tirant sur le rouge, est la meilleure, ces fruits peuvent servir à la divination.

Tanaisie, h. aux vers, Herbe de Saint-Marc. — ☉. Amère, aromatique et antispasmodique ; bonne contre les maladies nerveuses ; vermifuge.

Teigne. — ♄ et ♃. Guérit les obstructions et les maladies vénériennes.

Thé. — ☿. Son infusion était autrefois employée par les bouddhistes japonais comme breuvage à influence magique pour resserrer leur communauté.

Thym, frigoule. — Chaud et sec, ♌. ☉ ; se cueille lorsque le ☉ est dans ♓ et la ☽ dans ♋ ; emblème de l'activité. En affusions, pour les enfants malingres ; l'infusion pour les dents cariées, et contre la coqueluche.

Tilleul. — Modérément chaud et humide, ☽ dans ♎ ; la fleur est signée du ♐. L'infusion est calmante (menstrues, épilepsie, colique) ; elle doit alors être faite quand ☽ est dans ♓.

Tithymale, rhubarbe des pauvres, herbe au lait. — ♂ en ♌. Purgatif violent. La racine infusée pendant trois jours dans du vinaigre guérit l'hydropisie.

Tormentille. — Froide et sèche, ♉ ou ♍ ; ♂ ; contrepoison.

Tournesol — V. Héliotrope.

Trèfle ou alleluia ou pain de cocu, ou *oxus*. — ♀. Cueilli avec ses fleurs, l'essence est bonne, à l'usage interne, contre le haut mal, l'empoisonnement ; il est aussi diurétique. C'est, en mystique, l'emblème de la Trinité. Le trèfle à quatre feuilles rend heureux au jeu. Il présage le mauvais temps en se courbant vers la terre avec une meilleure odeur qu'à l'ordinaire ; fumé, il soulage de l'asthme.

Troène. — Chaud et sec. ♈. Se cueille sous le ♌.

Tussilage, pas d'âne, taconet, h. de saint Quentin. — ♄ ♋ ; contre les catarrhes, l'asthme ; en boissons ou comme tabac.

✿ U-V ✿

Usnée. — ♄. ☽. Sorte de champignon ou de moisissure qui croit sur les os des cadavres abandonnés. Paracelse recueillait celle qu'il trouvait sur le crâne des pendus et il en composait des onguents puissants.

Valériane, herbe de Saint-Georges, herbe-aux-chats. — Froide et sèche, ♉, ♀. La grande espèce est la meilleure par la racine (♄) contre l'asthme l'hydropisie, les infections. — On sait que présentée à un sujet hypnotique, elle le fait se traîner à quatre pattes, miauler et griffer ; la plante est utilisée en même temps que la prière à ce saint dans la cure des maladies nerveuses. En infusion, facilite la conception.

Valériane sauvage ou *Leucophogum, phu* ou *phy.* Mêmes vertus.

Velar, herbe de sainte Barbe, h. au chantre, moutarde des haies, tortelle. — ⊙. Crucifère, antiscorbutique et pectoral.

Vergne, verne. — V. Aulne.

Véronique. — Chaude et sèche, ♈. Cueillette après la pleine Lune qui termine les jours caniculaires. Contre affections des poumons et du sang.

Verveine ou *peristerion.* — Chaude et modérément humide, ♎, ⊙ ou mieux ♀ ; plante des Rose+Croix ; bonne pour la divination ; elle servait à faire un philtre d'amour irrésistible. L'eau distillée de la plante est bonne contre l'anémie du nerf optique ; si l'on pousse la distillation plus loin, on obtient une liqueur qui, prise à dose homéopathique, est bonne contre la tuberculose et pour dissoudre les caillots de sang dans les veines[145]. — La racine guérit les écrouelles, les ulcères, les écorchures. Plantée avec certains rites dans un champ ou près d'une maison, elle en augmente la prospérité. Si on en met quatre feuilles dans du vin, et qu'on asperge de ce vin une salle de festin, tous les convives seront joyeux. Si on en tient à la main en demandant à un ma-

---

145   Particulièrement, dans le langage ordinaire, l'ascite. Voir Van Helmont, *de Magnetica Vulnerum curat*, ch. XXVIII et Guaïta, *Temple de Satan*, p. 301. Éditions Unicursal, 2018.

lade des nouvelles de sa santé, il répond qu'il va mieux, il guérira, sinon il mourra; contre la rage, feuilles, en infusion et en cataplasmes. La graine mêlée avec de la graine de pivoine d'un an, guérit le mal caduc[146]. Se cueille au lever de la constellation du Chien, quand ☉ et ☽ sont sous l'horizon.

Vesce. — βιϰιον, *vica* (lat.) *wikke* (lithanien) *vitse* (flam.) du radical celtique.

Vésicaire. — V. Alkékenge.

Vigne. *Vyngard* (flam.) *vitis* (latin). Le suc des feuilles guérit la dysenterie, l'hémorragie et le vomissement. Les pépins des raisins, rôtis, pulvérisés et appliqués sur le ventre en cataplasmes, guérissent de la dysenterie. Les feuilles et les filaments, broyés en cataplasmes et appliqués sur l'estomac, guérissent les femmes qui récemment enceintes seraient tourmentées d'une faim désordonnée.

Violette, *matronalis flos* (Blanchard). — Froide et sèche, ♀, ♃ ou ♉. Pectorale et cordiale.

Viorne. — ♀. Les feuilles en décoction dans du vin guérissent l'épilepsie.

TABLE BIBLIOGRAPHIQUE

A. Plantes

Dʳ Luys. — *Les Emotions dans l'Etat hypnotique et l'action à distance des substances toxiques et médicamenteuses* avec fig. Paris in-8, S. d.

Bourru et Burot. — *La suggestion mentale et l'action à distances des substances toxiques et médicamenteuses* avec fig.

H. Durville. — *Physique Magnétique.* Paris, 1896, in-12. fig.

Ern. Bosc. — *Traité théorique et pratique du Haschich et autres substances psychiques.* Paris, 1895, in-12 (Chap. VII)

A. Rambosson. — *Histoire et Légendes des plantes.* Paris 1887 in-18.

Fermond. — *Essai de phytomorphie, ou étude des causes qui déterminent les principales formes végétales.* Paris, Germer-Baillière, 1864-1868 2 vol. in-8., pl.

Id. — *Phytogénie ou théorie mécanique de la végétation.* Paris, 1867, in-8, 5 pl.

Id. — *Eludes comparées des feuilles, dans les trois grands embranchements végétaux.* Paris, 1864 in-8, 13 pl.

Id. — *Etudes sur la symétrie, considérée dans les trois règnes de la Nature.* Paris, 1855 in-18.

E. Ferrière. — *Les plantes médicinales de la Bourgogne.* Paris 1892. br. in-8.

A. Fumouze. — *De la cantharide officinale.* Paris, 1867, in-4. 5 pl.

Lanessan. — *Introduction à la Botanique, Le Sapin.* Paris, 1890, 2 édit. 8, fig.

Louget. — *Mouvement circulatoire de la matière dans les trois règnes.* Paris, 1874, 2 table.

E. S. Maurin. — *Formulaire de l'herboristerie.* Paris, 1888, in-18.

de Saporla et Marion. — *L'Evolution du règne végétal.* I, *Les Cryptogames*, 1881 in-8, fig.

id. — *L'Evolution du règne végétal,* II. *Les phanérogames.* Paris, 1885, 2 vol. in-8. 140 fig.

E. Trouessart. — *Les microbes, les ferments et les moisissures.* Paris, 1861 in-8. 107 fig.

Un Végétarien. — *Petits remèdes, seconde série,* Paris Carré, 1889, in-8, 134 pages.

Dr Saffray. — *Les remèdes des champs, herborisations pratiques.* Paris, Hachette, S. - de 2 vol. in-32, 182-82 p. avec 160 fig.

Du Prel. — *Die Pflanzen und der Magnetismus. In Uber Land und Meer.* 1886, ed. in-f. p. 1003 ; ed. in-8. 1886-1887 IIe cahier p.213.

id. — *Das forcierte Pflanzenwachstum und der Pflanzenphonix in Uber Land und Meer.* 1887. 88 V. cah. p. 596.

Dans le *Sphinx*, articles de fascicules de Janvier et février 1887. Août 1888.

H. Rodin. — *Les Plantes médicinales usuelles, des champs, jardins et forêts. Description et usages des plantes comestibles, suspectes, vénéneuses employées dans la médecine, dans l'industrie et dans l'économie domestique,* un vol. in-8. 200 gr. Paris.

Emmeline Raymond. — *L'esprit des fleurs, symbolisme, Science.* Paris, 1884, pet. in-4° de luxe, avec nombreuses chromolith.

C. Bonnet. — *Contemplation de la Nature.* — Amsterdam, chez MM. Rey. 1770, 2 vol, in-12. XXXIV 324 et VIII 291 p.

A. P. de Candolle. — *Essai sur les propriétés médicales des plantes comp. avec leurs formes extérieures et leur classification naturelle.* Paris. 1816, in-8.

Leonhart Fuchsius. — *Hist. des plantes, avec les noms grecs, latins et français.* — Paris, 1549, in-8.

de Genlis. — *La Botanique historique et littéraire.* Paris 1810, in-12.

Lemery. — *Pharmacopée universelle, etc.,* Amsterdam 1784, in-4.

Id. — *Dictionnaire universel des drogues,* in-4.

Schroder. — *Pharmacopée raisonnée,* Lyon 1698, in-8.

B. Ésotériques

Pline. — *Hist. nat.* t. XXIV, XXV ; passim.

A. de Gubernatis. — *Mythologie des plantes,* Paris 2 vol, in-12.

J. Bœhme. — *Sæmmlliche Werke,* passim.

X. — *Traité des signatures on vraye et vive anatomie du grand et du petit monde,* S. l. n. d. in-8.

Bauderon. — *La Pharmacopée à laquelle ovtre les corrections et augmentations de toutes les précédentes éditions, sont adjovtées de nouveau les remarques, corrections et compositions curieuses et nécessaires aux médecins, apothicaires, chirurgiens et autres* par FRANÇOIS VERMY, maistre apothicaire de l'Université en médecine de Montpellier. Lyon. 1663, in-4.

ANTONI STORCK. — *Medici Viennencis et in Nosocomio civico Pasmariano, Physict ordinarii libellus, quo de monstratur Cicutam non solum usu interno tutissime exhiberi, sed et esse simul remedium valde utile in multis morbis qui hucusque curatu impossibiles diccbantur.* Vienne, 1760. in-12.

Traduit en 1761, sous le titre de : *Dissertation sur l'usage de la Ciguë.* — Paris, in-18.

ANT. STORCK. — *Libellus secundus, quo confirmatur cicutam non solum usu interno tutissime exhiberi, sed et esse simul remedium valde utile in mullis morbis qui hucusque curatu impossibiles dicebantur.* Vienne, 1761, in-12.

ANT. STORCK. — *Supplementum necessarium de cicuta, ubi simul jungitur cicutæ imago ære excusa.* Vienne, 1761, in-12 ; avec une planche sur cuivre.

Traduits en français sous le titre de : *Observations nouvelles sur l'usage de la Ciguë... ou seconde partie et supplément nécessaire ;... auxquels on a joints l'histoire de l'usage interne de la ciguë, la figure de cette plante et les cures opérées et publiées en France jusqu'à ce jour.* Paris, Didot-le-Jcune, 1762, in-12, XIV. 406 p.

H. KORNMANN. — *Templum naturæ historicum in quo de Natura et miraculis quatuor elementorum, etc.* — Darmstadt 1611, in-18.

H. CRYSÈS. — *Nouveau langage symbolique des plantes.* Paris 1891, in-18, 70 p.

J. B. FAYOL. — *L'Harmonie céleste découvrant les diverses dispositions de la Nature* ;... Paris. MDCLXXII, in-8, 351 pp.

A. J. PERNETY. — *Dictionnaire mytho-hermétique, etc...* Paris. MDCCLVIII. in-8, XX-546 pp.

10. BAPT. PORTA. — *Phytognomonica, octo libris contenta ; in quibus nova, facillimaque affertur methodus, qua plantarum animalium, metallorum; rerum denique omnium ex prima extimae faciet inspectione quiuis abditas vires assequatur, etc.* Rothomagi, I. Berthelin, MDCL, in-8, XIV. 605 p. avec un index alphabétique ou Franco furti 1561 in-4.

LENGLET. MORTIER ET D. VANDAMME. — *Nouvelles et véritables etymologies médicales tirées du Gaulois.* — Paris et le Quesnoy, 1857. in-8.

F. UNGER. —*Die Pflanze als Zaubermittel.* — Vienne. 1859. br.

MACER FLORIDUS. —*De Viribus herbarum.* Paris. 1845, in-8.

Dʳ GEORGE BERKELEY. cv, de Cloyne. — *Recherches sur les vertus de l'eau de goudron; où l'on a joint des Réflexions Philosophiques sur divers autres Sujets.* Traduit de l'Anglais avec deux lettres de l'Auteur. Amsterdam. Pierre Mortier, MDCC. XLV, XXIV — 344p. in-12.

Ce livre a été traduit en allemand, vers 1745.

CULPERPES. — *English physician and Complete Herbal with additional herbs, with a display of their medicinal and occult properties.* — 1789 in-4°.

M. J. H. HEUCHER. — *Magic plants, being a translation of a curious tract entitled de Vegetalibus Magicis.* Ed. p Edmund Goldsmid. S. I. in-12. 40 p. 1886.

Paracelse, trad. en anglais par John Hester. *Secrets of physic and philosophy... the true and perfect order to distill or draw forth the oyles of herbes, etc...* Londres. 1633, in-f° XXII-212 p.

I. de Nynauld. — *De la Lycanthropie, transformatiô et extase des Sorciers, où les astuces du Diable sôt mises tellement en évidence, qu'il est presque impossible, voire aux plus ignorâs, de se laisser doresnavât séduire : Avec la Réfutation des Argumens contraires que* Bodin *allègue au 6ᵉ chap. du IIᵉ livre de sa Demonomanie, pour soutenir la réalité de ce ceste pretenduë transformatiô d'homes en bestes.* Paris, Nicolas Rousset, MDCXV. m. ss. in-4°, 90 p. de la bibliothèque de M. de Guaïta exactement conforme à l'édition imprimée, en in-12 devenue extrêmement rare.

X.— *Le messager de la vérité, contenant la composition et propriété d'un remède spécifique pour toutes sortes de maux, la vertu que l'on trouve dans les végétaux, minéraux, sels, etc..* Augsbourg, 1723, petit in-12.

X. — *Livre xénodocal, c'est-à-dire hospitalier ov lieu de pavvre séjovr, utile et nécessaire à tovs chirvrgiens, par T. Gvillaumet.* Lyon, P. Rigaud, 1611, petit in-12. *De la vertu des plantes médicales, chirurgicales, vulnéraires, etc.*

X. — *Recueil de divers secrets, Manuscrit,* petit in-8 de 160 p., br., n. r. *Recettes de médecine, droguerie, chimie, pharmacie, etc. Œuvre inédite avec quelques pièces anc. impr. ajoutées.*

X. — *Idée du jardin du monde,* par Thomas Thomasev, médecin de Ravenne, trad. de l'Italien par Nic. Le Movlinet. Paris, Evst. Davbin, 1648, petit in-8.

J. B. PORTA. — *La Magie naturelle qui est les secrets miracles de nature, mise en quatre livres...* Lyon, 1565, in-8. Ed. française originale.

J. J. WECKER. — *Les secrets et merveilles de nature, recueillis de divers Autheurs et divisez en XVII livres.* Rouen, 1680, in-8.

LEMNE LEVIN. — *Les secrets Miracles de Nature et enseignements de plusieurs choses par raison probables et artistes coniectures expliquet en deux livres, par... et nouvellement traduits en français* par ANT. DUPINET, Lyon, 1566, in-8. Traduction originale.

ID. — *Les occultes merveilles et secrets de Nature avec plusieurs enseignements des choses diverses tant par raison probable que par coniecture artificielle : exposés en deux livres...* et nouvellement traduits de latin en français par I. G. P. (Jacques Gohory). Paris, 1567, in-8, et Paris, 1574, in-8.

DE VALLEMONT. — *Curiosités de la Nature et de l'art sur la végétation ou l'agriculture et le jardinage dans leur perfection : où l'on voit le secret de la multiplication du blé, de nouvelles découvertes, etc.* Bruxelles. 1734. 2 vol. in-12.

Moyse Charas. — *Pharmacopée royale galénique et chymique.* Paris, 1676, 2 t, en I vol. in-4.

TABLE DES MATIÈRES

Made in United States
North Haven, CT
27 September 2023